알베르트 에스피노사 Albert Espinosa

다. 영화 시나리오와 TV 시리즈 각본을 화학공학을 전공한 후 10년간 여러 병 결과 한쪽 다리를 잃었고, 폐와 간의 일부를 잃었다. 스물네 살이 되던 해에 비로소 병원을 떠나 본격적으로 글을 쓰기 시작했고, TV 시리즈에 배우로 출연해 연기에도 재능이 있음을 증명했다. 그는 젊은 시절에 생사의 고비를 넘나들었던 자신의 삶뿐만 아니라 암을 이겨내지 못하고 떠난 친구들의 삶까지 살아내고 있다고 말하곤 한다. 그의 이러한 세계관이 반영된 다양한 작품들에는 풍부한 상상력, 유머와 재치가 환상적으로 어우러져 있다. 영화 〈4층의 소년들〉〈누구도 완전하지 않다〉〈65분간의 생애〉 등의 시나리오를 썼고, 〈키스해달라고 하지 마세요. 내가 먼저 당신에게 키스할게요〉를 감독했다. 그가 쓴 인기 TV 시리즈 〈붉은 팔찌〉는 스티븐 스필버그 감독에 의해 〈더 레드 밴드 소사이어티〉라는 제목으로 미국에서 방영되었다. 1995년부터 꾸준히 연극 대본을 집필해 무대 위에 올리고 있으며, 자전 에세이 『나를 서 있게 하는 것은 다리가 아닌 영혼입니다』, 소설 『세상을 버리기로 한 날 밤』『웃음을 찾는 나침반』『사랑이었던 모든 것』이 있다. 『푸른 세계』는 열여덟 살 생일을 앞두고 며칠 뒤 죽을 것이라는 선고를 받은 소년이 삶의 마지막 순간을 위한 목가적인 장소를 찾아 떠나는 아름답고도 시적인 소설이다.

푸른 세계

푸른
세계

알베르트 에스피노사 지음

변선희 옮김

El mundo azul. Ama tu caos
by Albert Espinosa

Primera edición: marzo, 2015
Copyright© 2015, Albert Espinosa Puig
Copyright© 2015, Penguin Randum House Grupo Editorial, S. A. U.

Korean Edition Copyright © 2019, The Alchemist Books. All rights reserved.
This Korean edition published by arrangement
with Penguin Random House Grupo Editorial, S. A. U.
through Shinwon Agency Co., Seoul.

너의 혼돈을 사랑하라

너의 다름을 사랑하라

너를 유일한 존재로 만드는 것을 사랑하라

차례

자연은 우리에게

말을 하지만

우리는 바쁜 나머지

그 뜻을 이해하지 못한다

아버지는 바닷소리, 깎아지른 듯한 절벽에 부딪히는 파도 소리를 듣곤 했다.

사람들의 말엔 절대 귀 기울이지 않았다. 적어도 바다는 속이지 않는다고 했다. 아버지는 파도 소리가 자신에게 무슨 말을 건네는지 이해하기 위해 몇 시간이고 절벽을 바라보곤 했다.

"자연은 우리에게 말을 하지만 우리는 너무 바빠서 그 뜻을 이해하지 못해."

어느 날 밤 아버지는 이렇게 내 귀에 속삭였다.

아버지는 절벽 끝에서 균형잡기 놀이를 했다. 가장자리에서 담배를 피웠고, 담뱃재는 허공으로 흩어지거나 땅으로 떨어졌다.

내가 열한 살 되던 해 아버지는 그 절벽에서 뛰어내렸다. 바다가 아버지에게 그러라고 명령해서인지, 아니면 그 거대한 바다를 자신이 입양한 아이들보다 더 사랑해서 그랬는지는 모르겠다.

나는 끝내 그 이유를 알 수 없었다. 어스름한 아침, 파도에 휩쓸리는 그를 발견했을 뿐이다. 저 높은 곳에서 그의 미소가 보였다.

오늘은 아버지가 떠난 지 정확히 7년째 되는 날이다. 앞으로 사흘 뒤면 나는 열여덟 살이 된다. 그 나이가 될 수 있을는지 모르겠지만…….

그날 아침 주치의를 만나기 위해 진료실 문을 열었을 때, 내가 죽게 되리라는 걸 알았다.

그가 앉은 의자가 내가 앉을 자리 옆이어서, 어쩌면 그럴지도 모른다는 생각이 들었다.

의사 가운을 입은 그는 내게 이틀에서 사흘 정도 남았다고 말했다. 너무 침착하고 자연스럽게 말해서, 도무지 한 생명이 사라진다는 이야기를 하는 것 같지 않았다. 여기서 한 생명이란 내 생명을 말한다.

그가 나쁜 소식을 전하는 데 소질이 없다는 건 알 만한 사람은 다 알고 있었다. 그는 비극적인 소식을 전해야 할 때를 빼고는 자기 자리에서 움직이는 법이 없다.

그는 안락의자에서 일어나 정확히 네 걸음을 내딛고는, 환자 옆에 놓인 의자에 앉아 무감각하게 소식을 전했다.

아마 그는 환자에게 감정이입하는 법을 가르치는 수업에서 그렇게 행동하도록 배웠을 거라는 생각이 들었다. 더구나 그는 그저 이론적인 측면에만 머물러 있을 뿐이었다. 그의 수첩에는 분명 이렇게 적혀 있을 것이다.

'자리에서 일어나 환자에게 다가간다.'

그 메모에는 신체적인 동작만 언급되어 있을 뿐 어떻게 감정이입을 해야 하는지에 대한 내용은 빠진 채 말이다.

한때 병실을 함께 썼던 빨강 머리 소년이 문득 떠올랐다. 어느 날 내게 해준 이야기가 있었다. 의사가 자리에서 일어났을 때 자기는 인생이 곧 끝나겠구나 싶어 몹시 떨었다고 했다. 그러나 의사는 커피를 마시려고 일어난 거였고, 커피를 마신 뒤에는 다시 자기 자리로 돌아갔다고 했다. 빨강 머리 소년은 안도의 한숨을 내쉬었지만, 내게는 그런 행운이 따르지 않았다. 의사는 무감각한 어조로 계속해서 이야기했다.

"병원에서는 통증을 완화하는 장치를 제공해줄 거란다." 의사는 실제로 '죽음'을 의미할 때 '통증'이라는 단어를 사용했다. 모르핀과, 이틀 또는 사흘간 약에 취해 무의식 상태에 빠지게 하는 빌어먹을 것들을 '장치'라고 했다. 나는 오래전부터 그런 식으로 죽어가고 싶지는 않다고 생각해왔다.

오해하지 않기 바란다. 사실은 나도 죽는 게 두렵다. 몹시 두렵긴 하지만, 그 순간에도 내 의식은 깨어 있기를 바란다. 그 마지막 순간을 놓치기에는 너무 많은 일을 겪었다.

지금 내가 겪고 있는 문제, 내가 겪은 일들과 나를 죽음으로 몰아넣는 병에 대해서는 말하고 싶지 않다. 그건 자기만족에 지나지 않을 것이다. 통증은 항상 비슷하다. 겪을 때는 참기 힘들지만 지나가면 잊어버린다.

마음의 통증은 그와 정반대다. 통증이 처음 나타날 때는 시간이 흐르면서 그 고통이 얼마나 커질지 전혀 상상할 수 없다.

의사가 '죽음'이라는 단어를 발음할 때 나는 두려움이 솟는 걸 눈치챘다. 바로 그때 오래전부터 하고 싶었던 행동을 했다. 내 손가락이 하나도 부러지지 않게 그 행동을 하는 법을 이미 인터넷에서 찾아두었다.

나는 처음으로 주먹질을 했다. 그리고 다쳤다. 각각 다른 웹페이지를 열 건도 넘게 찾아봤건만, 인터넷에 나와 있는 게 다 진실은 아닌 모양이다.

그런 다음 뒤도 안 돌아보고 그 방에서 나왔다. 어디로 가야 할지 알고 있었다. 병원에서 죽고 싶지는 않았다.

중앙 복도를 지나갈 때 내가 가장 신뢰하는 젊은 간호사가 다가와 내게 약 봉투를 건넸다. 병원에서 특별한 밤들을 보낸 덕분에 그녀는 내 계획을 눈치채고 있었던 것이다. 우리 사이에 어떤 감정이 일어날 수도 있다고 생각했지만, 그녀에게 나는 동정과 연민의 대상일 뿐이었다. 그런 감정은 이성에 대한 감정과는 정반대였다.

나는 약을 받지 않았다. 거기서 아무것도 갖고 나오고 싶지 않았다. 내 인생 통틀어 가진 게 아무것도 없었다. 내 나이 열일곱 살에 집도 부모도 형제도 없다……. 단지 내 목에 걸려 있는, 절벽 위 그 집의 열쇠뿐이다. 아버지가 왜 그 열쇠를 내게 남겨주었는지 알지 못했고, 다시 그곳으로 돌아가지도 않았다.

엘리베이터 안에서 푸른색 환자복을 찢었다. 소매도 바지도. 환자처럼 보이고 싶지 않았다. 네 개 층을 내려오는 동안 행색을 바꿀 시간은 충분했다.

엘리베이터 문이 열리자 방문객들의 냄새가 훅 끼쳐왔다. 새로 온 사람들은 항상 낯선 냄새를 풍겼다. 모두들 집에서 세수를 하고 깨끗한 옷을 입고 와서는 병원에서 밤을 지새운 사람들과 마주쳤다. 이들에게서는 장시간 비행기를 탄 사람들의 냄새가 났다. 엘리베이터는 그들이 만날 수 있는 언제나 완벽한 접속 장소였다.

방문객에 대해 많이 알지는 못한다. 어렸을 때부터 인생은 내게서 많은 것을 빼앗아갔다. 그중 하나가 아플 때 나를 보러 오는 사람들을 가까이에 둘 기회였다.

엘리베이터에서 내린 뒤 바깥세상을 바라보며 병원 입구에 서 있었다. 그 '집'을 떠나기가 힘들었다.

늘 지니고 다니던 이어폰을 꼈다. 나는 왼쪽 귀가 들리지 않지만 음악을 좋아한다. 태어날 때부터 푸른색 보청기를 꼈다. 그것은 세상과 내 절반을 연결하고 분리하는 데 도움이 되었다.

음악 없는 인생은 실패작이라고 말한 사람이 니체였던가. 거기다 나는 음악을 듣기 위한 좋은 이어폰이 없으면 신성모독이라고 덧붙이고 싶다.

노래 〈*Tu vuò fà l'americano* 당신은 미국인이 되고 싶어하지〉가 흘러나오자 병원 전체가 나폴리 리듬으로 들썩이는 것 같았다. 나는 의사를 만났던 일을 종이에 갈겨쓰기 시작했다. 늘 그래왔다. 내게 일기를 쓰는 건 내 인생의 시퀀스들을 그리는 일과 같다. 나는 단어를 그리 좋아하지 않는다. 종이 위의 연필 소리를 포함해 방금 경험한 순간을 재창조하는 소리만 좋아한다.

나는 항상 세상의 리듬을 표기하는 데 열광한다. 거리의 소리는 절대 듣지 않는다. 유쾌하지 않아서다. 사람들은 항상 불평하는 대화를 나눈다. 자기 인생이나 파트너, 혹은 일에 대한 불평들. 불평은 아무런 의미가 없다.

문제란 존재하는 게 아니라 문제라고 생각하면 생기는 거라고 믿는다.

문제란, 단지 사람이나 인생에 기대하는 것과 그로부터 실제로 얻는 것 사이의 차이일 뿐이다.

만일 우리가

모든 것에서

자유로워진다면

이 세상은 어떻게 될까?

내가 옳은 결정을 내렸는지 모르는 채 찢어진 환자복을 입고 음악과 함께 그 자리, 바로 문 앞에 꼼짝 않고 서 있었다.

나는 지난 5년 동안 내게는 집이었던 371호에서 진통제를 맞으며 사회복지사 곁에서 죽을 수도 있었다. 사회복지사는 내게 연민을 느껴보려 노력하거나, 그랜드호텔로 모험을 떠나라고 나를 부추겼을지도 모른다.

내게 그랜드호텔에 대해 맨 처음 얘기해준 환자가 누군지는 잘 기억나지 않는다. 수백 번 들은, 근거 없는 환상일 뿐 실제로 존재하는 곳일 거라고는 전혀 생각하지 않았다. 게다가 나는 '호텔'이 아니라 '그랜드호텔'이라고 부르는 것이 항상 마음에 들었다. 전통이 깃들어 있는 곳처럼 느껴졌기 때문이다.

병원에서 첫 번째 룸메이트였던 환자가 그곳을 알려준 걸로 기억한다. 그 남자는 병에 걸릴 당시 삶이 만족스러웠기에 죽음을 받아들이기가 더욱 힘들었다.

사람은 가지면 가질수록 세상에 대한 애착이 커지고, 결국 잃는 것이 더욱 고통스럽다.

그는 방문했던 모든 호텔 가운데 리미니호텔이 가장 마음에 든다고 했다. 거기서 펠리니가 죽었다고 말해주었다.

그 말이 사실인지 궁금했다. 인터넷(관심 끌고 싶은 사람들이 상상력으로 창조해낸 거짓말을 검증하기 위한 나의 위대한 동맹)에서 찾아보았더니, 그 호텔 315호에서 펠리니가 심장마비로 발작해 병원으로 이송되었으나 죽었다고 나와 있었다.

하지만 그의 말이 사실과 조금 다르다고 해서 별로 이상할 건 없었다. 그 남자는 항상 요점만 말했기 때문이다. 어느 날 그는 내게 현실은 지루하기 때문에 주변 사람들의 시선을 끌기 위해서는 약간 과장하거나 바꿔야 할 때도 있다고 했다.

그는 간에 치명적인 병이 있었다. 무슨 병이었는지 의학적인 병명은 기억나지 않는다. 그의 주치의가 왔을 때 나는 이어폰을 끼고 있었고, 그의 사생활을 존중해주었다.

그는 너무 아파서 15초마다 고함을 질러댔다. 끔찍한 비명이었다. 나는 시간이 흐를수록 비명이 악보로 변화하고, 그 통증을 바탕으로 오페라풍 고음에 다다르는 노래가 되기를 바랐다. 음악을 몹시 사랑하는 나는, 그의 고통이 악보로 변한다면 고통은 사라질 거라고 생각했다.

그는 노력했지만 고통이 너무 심한 나머지 그 악장은 날카로운 고음으로 변하면서 아주 이상한 소리가 되었다.

그는 항상 나를 믿고 존중해주었다. 나 역시 마찬가지였다. 특히 그의 딸들이 병문안 올 때면 그가 더더욱 존경스러웠다.

딸들이 병실에 머무는 두어 시간 동안 그는 모든 고통을 참았다. 어떻게 고통을 참을 수 있는지 도무지 알 수 없었다. 그는 고통으로 인해 터져 나오려는 비명을 억눌렀다. 그런 그를 볼 때마다 중요한 경기에 나가기 위해 마취제를 맞는 축구 선수가 떠올랐다. 그가 참고 있는 그 모든 고통을 생각하면 마음이 아팠다. 그는 딸들이 돌아가고 나면 병원이 떠나가라 소리를 질러댔다. 그 소리는 엄청났다.

그의 딸들은 쌍둥이였다. 부인은 몇 년 전에 교통사고로 세상을 떠났고, 그때 딸들 중 하나도 함께 죽을 뻔했다. 부인 이야기를 할 때면 그는 매우 흥분했다. 그는 자기 형의 부인과 새 삶을 시작했다. 나는 형에게서 사랑을 빼앗은 일은 결코 용서받지 못할 짓이라고 생각한다.

그는 내게 자기 아버지가 영화감독이라는 것도 말해주었다. 그래서 펠리니가 리미니호텔에서 말년을 보낸 것이 그에게는 매우 감격스러웠던 것이다. 나는 그들 부자 관계가 복잡했을 거라고 상상했다.

그는 내게 펠리니의 『꿈의 책』을 선물해주었다. 그 거장이 매일 밤 꿈꾼 것을 그림으로 그리고 글로 쓴, 거대한 요약본이다.

나는 무더운 여름날에 나를 찾아와 큼지막한 소포를 전해준 배달부에게 매력을 느꼈다. 소포를 가져온 청년은 내 또래였다. 나는 그가 병원으로 배달 온 적은 없을 거라고 생각했다. 그는 손으로 입을 가리고 병에 걸리기라도 할까 봐 겁을 먹고 있었다. 아마 그는 자신이 무슨 병에 걸릴까 봐 걱정하는지도 정확히 알지 못했을 거라고 생각한다.

예쁘거나 잘생긴 사람들은 선천적으로 겁이 많다. 자신의 아름다움이나 머리카락, 생기 넘치는 피부를 잃을까봐 겁낸다. 자신에게 주어진 그 혜택을 누리지 못하고, 그에 대해 생각하는 데 얼마나 많은 시간을 허비하는지!

그는 내게 화물 인도 영수증에 서명하라고 볼펜 한 자루를 건네면서 돌려주지 않아도 된다고 했다. 세균이 묻어 있을 거라고 생각해서 그랬을 것이다.

"구리를 가지고 오지 그랬어요." 그에게 말했다.

"구리요?"

그는 무슨 말인지 이해하지 못했다.

"구리는 박테리아를 제거해줘요. 완전히 제거하죠. 구리를 한 조각 사세요."

산티아고 데 칠레에서 장기이식을 받으러 온 한 청년이 내게 구리에 대해 이야기해주었다. 그가 이식받은 장기가 신장인지 간인지는 잘 기억나지 않는다. 내가 기억하는 건 칠레에서는 구리가 매우 귀하고, 그들의 주요 생산품으로 땅속 깊은 곳에 매장되어 있다는 것이다. 청년이 그 광물에 대해 너무 열정적으로 이야기해서 마치 구리가 내 인생의 일부라도 된 것 같았다. 나는 누군가 줄곧 옳은 주장을 하면 다른 사람들의 열정마저 그 누군가의 것이 될 수 있다고 믿었다.

무엇보다 소포에 내 병실 번호가 적혀 있어서 몹시 좋았다. 내게도 집이 있다는 생각이 들어서였다. 우편물을 받는다는 건 자기 집이 있다는 걸 알 수 있는 방법 중 하나라고 생각했다.

소포는 페데리코 펠리니와 루도비코 비스콘티의 영화, 그리고 책과 영화음악이었다. 펠리니는 「8과 1/2」에서 니노 로타의 〈La Passerella di Addio 이별로 가는 좁은 길〉이 울려 퍼지는 끝부분을 제외하고는 나를 매료시키지 못했다. 인생에서 좋은 이별은, 사랑하는 모든 사람들이 팡파르 리듬에 맞춰 등장하면서 이루어져야 한다고 생각한다. 나는 내 인생에서 하나의 시퀀스처럼, 마치 내가 직접 경험한 것처럼 그런 종말을 많이 보았다.

그리고 기묘하게도 지금이 그러했다…….

이 모든 이야기를 하는 건, 내 첫 룸메이트가 '그랜드호텔'이라고 부르는 곳에서 죽기를 원했기 때문이다. 마지막 순간을 목가적인 장소에서 보낼 수 있게 도와주는 재단이 있다고 그가 말해주었다.

거기서 짧은 시간 동안 머물 수 있고, 비용은 지불하지 않아도 된다. 그도 가입하려 했지만 받아주지 않았다. 마지막 순간에 돌봐줄 사람이 아무도 없고 죽음이 임박했다는 걸 증명해야만 했기 때문이다. 말하자면, 찢어지게 가난하고 불행한 인생이어야 했다.

그에게는 쌍둥이 딸이 있어서 해당되지 않았다. 그는 자신이 죽는 모습을 딸들이 지켜보기를 원치 않았다. 그는 가입을 거부당하자 몹시 슬퍼했다.

내게 그날이 다가올 때를 대비해 그랜드호텔의 연락처를 알려주었다. 그 일이 결코 일어나지 않기를 바랐지만, 언젠가는 닥치리라는 걸 알고 배려를 아끼지 않았다. 우리 두 사람은 그 사실을 알고 있었다. 내 병은 통증은 없지만 그의 병과 마찬가지로 치명적이고, 나는 아파서 소

리 지르지는 않지만 결국 그와 같은 결과를 맞이할 것이
었다.

그때 나는 죽음이 임박해야 한다는 것만 제외하고 모든
조건을 갖추었으며, 그 조건 역시 곧 충족하게 되리라는
걸 알았다.

내 마지막이 얼마 남지 않았다는 것을 알았을 때 이메
일 한 통을 보내자, 몇 시간 뒤 '때가 되면' 내 몫의 자리
를 마련해줄 거라는 답변이 왔다.

전화를 걸기만 하면 모든 절차가 진행될 것이다.

죽음이 다가오고 있으니, 전화를 걸어 그랜드호텔로 갈
때가 되었다.

이제 나를 가두던 병원을 떠나 거리로 나서기 위해 결
심해야 할 그 순간이 왔다.

용감해야 한다는 생각이 들었다.

거리의 공기가 마치 선물 같았다.

다시 태어난 기분이었다.

전화를 걸기 위해서는 휴대전화가 필요했다. 병문안 온
사람들 중 누군가에게 부탁하는 건 복잡한 일이었다. 휴
대전화에는 비밀이 저장되어 있고, 그것은 우리에게 시간
의 금고와 같다.

서른 살쯤 되어 보이는, 인상이 부드러운 한 여성이 눈에 띄었다. 엄청난 크기로 보아 그녀의 인생 전체가 담겨 있을 법한 가방을 들고 있었다.

"휴대전화 좀 빌려주실래요? 잠시면 돼요." 미소를 지으며 부탁했다.

그녀는 머뭇거렸다.

"내가 곧 죽는다는 걸 알리기 위해 통화를 해야 해요." 나는 진지하게 말했다.

그녀는 즉시 휴대전화를 건네주었다. 손이 떨리고 있었다. 휴대전화를 건네받으며 그녀의 손이 스쳤고, 손가락 끝에서 상실 같은 것을 느꼈다.

숫자를 누를 때마다 내 여행의 출발이 다가왔음을 느꼈다. 마지막 숫자를 누르는 순간 모험이 시작되었다는 걸 알았다.

수화기 저편에서 "네"라고 대답하자, 병실의 첫 번째 룸메이트가 죽기 바로 직전, 통증이 5초 간격으로 반복될 때 내게 해준 놀라운 연설만이 떠올랐다.

모든 것의 기본은, 오늘이 죽을 날이라고 생각하는 것이다. 그것이 인생에 의미를 부여한다. 그것이 전부다.

이튿날 잠에서 깨면 24시간이 더 주어졌다는 걸 깨닫고 커다란 즐거움을 느끼게 될 것이다.

그러나 하루하루를 당신 방식대로 살아야 한다는 걸 기억하라. 그들의 규칙에 따라 사는 게 무슨 소용이 있는가? 당신이 천년을 살 것처럼 생각하기 원하는 사람들의 규칙을 따르면 당신은 자신에게 집중하지 못한다.

그렇다, 우리는 천년을 사는 게 아니라 하루를 산다. 그리고 그다음에 하루, 그리고 또 하루 더……. 당신이 그렇게 생각하면 인생을 저당 잡히게 하는 그들의 속임수에 넘어가지 않을 것이다.

그것을 잘 생각하라. 만일 당신에게 단 하루가 남아 있다면, 그날 일을 할 것인가? 빚을 갚을 것인가? 뉴스에 관심을 가질 것인가?

아니면 사랑에 빠질 것인가? 놀기, 웃기, 사랑하기, 소리 지르기, 노래하기? 무엇을 할 것인가?

이해하겠는가? 당신이 원하지 않는 일은 단 하나도 해서는 안 된다. 당신이 필요로 하지 않는 것을 스스로에게 강요하지 마라. 이 순간을 살고 이 순간을 즐겨라.

그리고 무엇보다도 의무는 잊어버려라. 악순환이 이어질 뿐이니. 만일 당신이 그들의 궤도에 들어가면 항상 의무가 따른다. 항상.

그리고 만일 그들의 규칙대로 산다면 당신의 도시는 당신으로 하여금 자신의 영혼을 보지 못하게 할 것이다. 높은 건물들은 다른 거대한 건물밖에 보지 못하도록 거기 서 있다.

자유, 그리고 의무를 지지 않는 것에 대한 이 이론을 설명할 때, 모든 사람들이 당신에게 이렇게 말하리라는 것을 기억하라. "만일 모두가 선택, 의무, 욕망에서 자유로워진다면…… 이 세상은 어떻게 될까?"

그러면 그들에게 단지 이렇게 답하라. "우리가 해야만 한다고 여기는 모든 것을 하면…… 이 세상은 어떻게 될까?"

문제는 우리가 뇌의 10퍼센트만 사용한다는 게 아니라, 우리 마음속 감정들의 2퍼센트도 사용하지 않는다는 것이다.

그 연설을 할 때 그는 슬퍼하거나 비탄에 젖어 있는 것 같지 않았다. 자신이 무슨 말을 하는지 알고 있는 듯했고, 자신이 저지른 실수의 일부를 요약하듯 말했다. 만일 거기 진실이 조금이라도 깃들어 있다면, 당신은 그 개념이나 구문을 다 이해하지 못하더라도 받아들일 수 있을 것이다.

그는 죽었고, 고통의 외침은 내게 푸치니의 오페라 아리아 ⟨*E lucevan le stelle* 별은 빛나건만⟩의 마지막을 상기시켰다.

《토스카》의 그 ⟨*Addio a la vita* 인생이여 안녕⟩.

> *E non ho amato*
> *mai tanto la vita,*
> *tanto la vita!*
> 나는 인생을 그토록 사랑하지 않았지,
> 내 인생을 그토록!

이제는 그를 이해한다. 나 역시 인생을 잃어가고 있는 지금처럼 이토록 인생을 사랑한 적은 없었다. 왜 그런지 모르겠다. 세상이 내게서 많은 것을 빼앗았는데, 왜 이곳에 계속 머무르려고 투쟁하는지 아직도 이해가 되지 않는다.

그러나 나의 마지막, 아니 시작을 향한 여행이 마침내 시작되었다.

이제 나는 내 죽음을 향해 여행할 것이다.

잠에서 깬다,

원하지 않지만

사랑한다,

좋아하지 않는 사람을

그리고 거기, 몇 미터 고도인지, 얼마나 빠른 속도인지 모르는 그 비행기에 타고 있었다. 어려운 결정을 내려야 하는 순간이 왔다는 걸 알았다.

이 세상에서 사라진다는 것과 내게 일어났던 모든 일들, 어떻게든 잘해보려고 노력했던 것에 분노하고 있다는 걸 비행기에 타자마자 깨달았다.

어떤 이는 통제 불가능한 조수 같은 것에 휩쓸리고, 질질 끌려다니고, 뒤흔들리는 삶을 산다.

결국 그 사람은 더 이상 의식적으로 행동하지 않는다. 역동적인 파도가 그를 실어 데려간다. 내가 그렇게 실려가는 듯했다. 그 비행기는 내가 누구였는지에 대한 하나의 끝없는 은유였다. 나는 현기증이 날 법한 속도로 운명을 향해 나아갔고, 그러는 사이에 순간들이 사라져버려도 전혀 동요하지 않았다.

같은 비행기에 타고 있는 내 동료들을 바라보았다. 그들을 굳이 지칭하자면 '동료들'인데, 일행이 아닌 사람과 이야기 나누는 사람은 없었다. 도움이 필요하거나 화장실에 가거나 자기 자리로 돌아갈 때가 아니면 그 역학을 깨지 않았다.

"나가도 될까요?"라는 말도 하지 않았다. 그 말조차 아껐고, 기어드는 소리만으로도 자신의 의도를 드러내기에 충분했다. 나는 그 소리에 많은 가치를 부여하지 않았다. 다른 사람들에게 보이는 행동 코드는 자신의 두려움과 욕망, 도덕에서 생겨나기 때문이다. 우리는 옷과 머리 모양, 냄새와 시선으로 위장한다.

그렇다, 시선. 대부분은 거짓이다. 시선은 영혼을 반영하지 않고, 두려움을 억누르는 사람의 두려움도 반영하지 않는다.

이러한 생각은 내 새로운 삶의 시작과 이전 삶의 종말에서 얻은 결실이었다. 아무것도 두렵지 않았다. 만일 내가 옳은 결정을 내려서 그 길로 계속 나아가면, 우주가 내게 보상을 해줄 거라고 생각했다.

내 안의 목소리가 첫 번째 병실 룸메이트의 말을 상기시켜주었다.

너는 두려워하는 게 지겹지도 않니?
네 행동의 결과를 두려워하는 것 말이야.

두려워하는 것, 내 운명에서 도망치는 것, 나 자신이 부여하지 않은 규정을 지키는 건 이제 끝이라고 결심했다.

비행기 안 성층권 고도에서 세상을 바라보며 내 내면의 데시벨 용량은 내게 허용된 것보다 더 높다고 생각했다. 그리고 소리쳤다.

난 너희들이 싫어.
너희들의 규칙이 싫어.
너희들의 교육 방식이 싫어.
우리에게 강요하는 게 싫어.
우리를 바꾸려고 하는 게 싫어.

비행기에 함께 타고 있는 누구도 동요하지 않았다. 내면의 생각들은 목구멍이 아닌 다른 확성기를 갖고 있나보다.

나는 사람들이 왜 여행을 하는지 궁금하다.
왜 다른 장소로 가는지 궁금하다.
이유가 뭘까? 일? 사랑? 휴식?

만일 그들에게 묻는다면 틀림없이 두려움 때문이라고 대답할 것이다. 우리는 세상에서 자기 자리를 잃어버릴까 봐 두려워 움직인다.

살기 위해 실제로 얼마나 필요한가? 얼마의 돈이 아니라 얼마의 사랑, 얼마의 섹스, 또는 얼마의 욕망이?

바로 그때, 그날 밤 에로틱한 꿈을 꾼 것이 기억났다. 몇 달 동안 그렇게 좋은 꿈은 꾸지 못했다. 대개 벗은 몸과 피부 일부가 등장할 뿐이었다. 그런데 이번에는 달랐다.

다른 육체 주변을 맴돌다 야릇한 키스를 나눈 것으로 모든 걸 요약할 수 있다.

간호사가 나를 깨울 때 키스를 하고 있었다. 더 이상은 기억나지 않는다. 전혀 기억나지 않는다.

결단을 내려야 한다고 내게 경고하러 온, 과거 아니면 미래의 누군가였다는 느낌이 들었다.

이제 내가 내린 결단이 옳다면 모든 것을 통제할 수 있다는 걸 알았다. 파도를 멈추고 다시 수면으로 올라올 수 있다. 무게추로부터 자유로워진 것을 느낀다.

하지만 이는 감각의 오류다. 나는 아직도 두려움과 굳게 결속되어 있기 때문이다.

나는 시를 써본 적도 이해해본 적도 없지만 이제는 그럴 필요가 있다.

"승무원 여러분, 착륙 20분 전입니다." 기장이 말했다.

나는 모든 사람이 듣는 가운데 자기들끼리 주고받는 이

암호 메시지가 늘 이상하게 여겨졌다.

나는 손에 잡히는 종이에 시를 썼다.

잠에서 깬다,

원하지 않지만.

꿈을 꾼다,

통제하지 못할.

사랑한다,

좋아하지 않는 사람을.

섹스를 한다,

원하는 방식은 아니지만.

생각한다,

가치 없는 것들을.

일을 한다,

돈만을 안겨주는.

늙어간다,

화살 같은 속도로.

존경한다,

이 동사들 중 어느 것도 사용하지 않는 모든 이들을.

잠에서 깨지만, 나는 원하지 않는다.

시를 다 쓴 뒤 나를 바라보는 그녀의 시선을 눈치챘다. 스무 살쯤 되어 보이는 그 소녀는 두 번째 열에 앉아 있었고, 고개를 돌려 나를 관찰했다. 마치 시의 운을 맞추는 내 생각을 듣기라도 한 듯. 불가능한 일이다. 생각은 누구도 전달받거나 눈치채거나 느낄 수 없기 때문이다. 입술을 움직여 말하지는 않았지만 그녀가 내 시의 마지막 구절을 읊고 있다는 걸 알았다.

"잠에서 깨지만, 나는 원하지 않는다."

그녀는 그 통신 시스템을 이용해 몇 마디 더 덧붙였다.

"왜 잠에서 깨고 싶지 않지?"

나는 전율을 느꼈고 뭐라고 대답해야 할지 몰랐다.

비행기가 하강하기 시작하자 승객들의 두려움을 덜어주

기 위해 우스꽝스런 노래를 틀어주었다.

열한 번째 열이 우리 두 사람을 갈라놓았다.

땅에 닿으려면 10초 남았다.

땅에 닿길 내가 바라는지 모르겠다.

비행기에서 오드콜로뉴 냄새가 나기 시작했다. 승객들은 병문안 온 사람들처럼 그들의 여행 냄새를 감추고 싶어했다. 자신이 누구였는지, 무엇을 소유하고 있는지, 무엇이 부족한지를 숨기는 것.

그녀는 계속 나를 관찰했다.

비행기가 착륙하면 어떻게 할까? 말을 걸어올까? 나를 바라보기만 할까? 그녀에게 내 목적지를 말해줄까?

충격으로 비행기가 흔들렸다.

두려움이 클수록 비행기는 더 많이 흔들렸다. 내 두려움의 반향처럼, 내 불확실성의 확성기처럼.

착륙했다. 그러나 그녀에게 다시 눈 돌렸을 때 그녀는 더 이상 나를 관찰하고 있지 않았다. 그녀를 찾을 수도 없었다. 마치 풍경 속으로 사라진 것 같았다.

기장의 노고를 치하하는 가벼운 박수 소리가 들렸다.

내 상상력의 실패를, 혹은 내 욕망이 좌절된 것을 환호하는 것 같았다.

구토용 봉투에 형편없는 글씨로 쓴 시를 들여다보았다.

내가 누구였는지를 요약하는 마지막 구절에서 눈을 뗄 수가 없었다. 나는 언제쯤 그런 모습에서 벗어날 수 있을까?

잠에서 깨지만, 나는 원하지 않는다.

아주 완벽한 날,

당신은

나 자신을

잊게 해요

나는 비행기에서 내렸고, 그 얼굴들 중 누구도 다시 볼 일은 없으리라는 것을 깨달았다. 그럴 가능성은 있겠지만, 나는 잃어버린 경험에 작별을 고하는 사람처럼 그들을 관찰했다. 그녀가 실제로 존재하는 사람인지 노심초사하며 찾아봤지만 보이지 않았다.

공항 출구 도로 옆 '그랜드호텔'이라고 쓰여 있는 팻말에서 내 이름을 발견했다. 열 살쯤 된 소년이 노란색 컨버터블 자동차 옆에서 팻말을 들고 있었고, 차의 뒷좌석에는 개가 한 마리 있었다. 그 모습은 음산하고도 참신한, 내가 본 것 중 가장 우스꽝스러운 장면이었다.

소년은 자신이 든 팻말 쪽으로 내가 다가가자 얼싸안았다. 해변 냄새와 자외선차단제 냄새가 났다.

소년은 운전석에 앉았고 나는 조수석에 앉았다. 개는 한쪽 귀가 없었고 냄새가 났다. 소년이 시동을 걸었다. 큰 사거리를 두 번 지나 고속도로 같은 도로에 진입하자 시속 180킬로미터로 속도를 올렸다.

라디오를 틀자 〈*Tu vuò fà l'americano*〉가 크게 흘러나왔다. 그런 우연에 어떤 의미가 있다는 걸 눈치챘다. 내가 병원을 떠날 때와 이 섬에 도착할 때 같은 노래가 나왔다. 딱 2초 동안 그 의미를 곰곰이 생각해보다 곧 포기했다. 그러고 있을 여유가 없었다.

소년은 계속 가속페달을 밟았다. 'Tu vuò fà되고 싶어하는' 속도로 달렸다. 음악 소리가 커질수록 가속페달을 더 세게 밟았다.

소년의 피부는 햇볕에 보기 좋게 그을려 있었다. 나는 소년이 환자인지 의사의 가족인지, 아니면 기관 직원인지 궁금했다. 햇볕에 그을리면 아무리 치명적인 병도 감출 수 있다.

돌연히 우리는 한 항구에 도착했다. 소년이 작은 페리 위에 차를 주차해서 우리가 다른 섬으로 간다는 걸 알았다. 조금 놀랐다. 처음 도착한 장소가 우리의 목적지인 줄 알았기 때문이다.

소년은 14분 정도 항해하는 내내 음악을 틀었고 차의 시동을 걸어놓았다. 언제라도 가속페달을 밟을 것 같았다.

그 배에는 우리 차밖에 없었다.

배를 조종하는 선원은 우리가 병균이라도 옮길까봐 두려운 듯 멀찌감치 떨어져 있었다. 소년은 이따금 그를 도전적으로 바라보았고 개는 짧게 짖어댔다. 선원의 공포심은 병원에 온 배달부가 보였던 공포심을 기억나게 했다. 두 번째 우연이지만 그다지 중요하게 여기지는 않았다. 나는 목적지에 도착하기만을 고대했다.

우리는 두 번째 섬에 도착했다. 첫 번째 섬보다 훨씬 아름답고 매력적인 불빛이 빛나고 있었다. 소년은 다시 가속 페달을 밟으며 아까처럼 운전했다.

"멀리 가니?" 궁금해서 물었다.

도로 양옆에는 강렬한 태양 아래 불타는 듯 보이는 모래언덕이 있었다. 그 뒤로는 바다.

"멀든 가깝든 상관없잖아요." 소년이 대답했다.

소년은 말끝마다 웃었다. 귀여운 미소였다. 두 앞니가 반으로 깨져 있어 악의가 없어 보였다.

"너도 죽어가고 있니?"

소년에게 단도직입적으로 물었다.

운전에 제동이 걸리는 것 같았으나 소년은 오히려 더 세게 밟았다.

"네……. 그러나 보시다시피 '급'이 있게"라고 답했다.

차가 잘 달리지 못하다 몇 초 뒤 완전히 멈출 때까지 소년은 아무 말도 하지 않았다. 개는 소년에게 바짝 붙어 그를 보호하고 있었다.

모래언덕에서 날리는 모래가 섞인 뜨거운 공기가 갑자기 나를 깨웠다. 얼굴에 거의 40도의 열기를 느꼈다. 열기가 급습하자 지옥에 도착한 것 같았다. 내가 벌써 죽어가고 있는 게 아니라면 더위 때문에 곧 죽을 것만 같았다.

소녀이 엔진을 만져보았지만 소용없었다.

나는 도로 한복판에 웅크리고 앉았다. 그곳에 누군가가 나타날 것 같지는 않았다. 차는 죽었고, 우리도 곧 며칠 안에 죽게 될 것처럼.

"차가 죽었어요, 마치⋯⋯." 소년이 말하기 시작했다.

말을 맺기 전에 내가 잘랐다.

"나도 알아."

소년의 빈정거림은 내 빈정거림과 유사했고, 상황도 그에 일조했다.

"플랜 B." 소년이 말했다.

그러고는 모래언덕을 향해 휘파람을 세게 불었는데, 우습게 들렸다. 거기서 정비공이 달려 나올 리는 없으니. 두 번, 세 번 휘파람을 불었다. 그러자 갑자기 낙타 두 마리가 나타나더니 우리를 향해 곧장 다가왔다.

'플랜 B'란 그 낙타를 타고 우리의 마지막 목적지로 가는 걸 거라고 추측했다. 겁이 났다. 말이나 당나귀, 그 비슷한 동물의 등에 타본 적이 한 번도 없었기 때문이다. 낙타의 등을 보자 존경심이 솟았다.

"단봉낙타예요." 내 생각을 눈치채기라도 한 듯 소년이 말했다.

"뭐든 상관없어. 등에 탈 수는 없을 것 같아." 내가 대답했다.

그는 내 말을 무시하고 빛처럼 올라탔다. 키가 매우 작은데 어떻게 올라탔는지 모르겠다. 나는 낙타에 올라타지 않으려고 버텼다.

"왜 탈 생각을 안 해요? 무슨 일이라도 일어날까봐요? 죽을까봐요? 마지막 수단이에요." 그가 웃으며 말했다.

그의 농담은 얄미웠지만 옳았다.

나는 시험해보기로 했다. 한 번에 올라타긴 했으나 운이 나빴다. 힘을 너무 세게 주는 바람에 낙타의 반대편으로 떨어졌다. 낙타는 미소 지었고, 소년도 웃었고, 개는 울부짖는 것 같았다.

"힘을 빼요."

"나도 알아."

두 번째 시도는 제대로 맞아떨어졌다.

우리는 잔걸음으로 나아가기 시작했다. 단봉낙타를 타고 가는 광경을 표현하는 딱 그런 모습이었다. 나는 불안했지만 낙타가 눈치채지 못하게 최선을 다했다.

우리는 모래언덕 너머로 향했다. 개는 우리를 따라왔다. 피곤했다. 마지막 목적지까지 가기 위해 너무 많은 운송수단을 이용했다. 비행기, 차, 배, 그리고 마지막으로 단봉낙타까지.

모래언덕은 꾸불꾸불했고, 동물과 내 하체가 한 몸이 되었다.

몇 분 뒤 건물 한 채가 보였다. 그랜드호텔이라고 생각했다. 거기서 나오지 못하리라는 걸 알면서도 그 건물을 바라보았다. 두려움이나 불안 대신 이상한 공허감만 들었다.

갑자기 소년이 단봉낙타의 곱사등을 북 치듯 두드리며 다소 요란스런 리듬으로 루 리드의 〈Perfect day〉를 부르기 시작했다.

Just a perfect day

you make me forget myself.

아주 완벽한 날,

당신은 나 자신을 잊게 해요.

나쁘지 않았다. 음정이 잘 맞았다. 나는 따라 부르고 싶지 않았고, 동물을 타악기로 이용하기는 더더욱 싫었다. 그러나 내게 음악은 항상 중요했다. 게다가 다람쥐 같은 미소를 짓는 소년은 내 영혼을 파괴하는 무언가를 갖고 있었다.

"뭘 기다려요? 당신 낙타도 소리를 내고 싶어해요!" 소년은 내가 탄 단봉낙타를 가리키며 말했다.

나는 잠시 망설였지만 너무 피곤한 나머지 소년이 시키는 대로 해야겠다고 생각했다. 그러고는 그 동물을 음악적으로 '두드리기' 시작했다. 정말이지 훌륭한 소리가 났다.

마치 타닥타닥 걷는 소리와 바람, 그리고 온 세상이 노래의 리듬에 맞춰 울리는 듯했다.

나는 개선장군이자 불사조가 된 것 같았다.

짜증 나고 뭔가 일이 잘 안 풀리는 날에 부르는 〈Perfect day〉에는 치유의 힘이 있는 것 같았다. 나는 늘 그 노래가 무척 슬프다고 생각했지만, 우리가 그 노래를 제멋대로 연주하는 방식이 노래에 불가사의한 행복감을 불어넣었다.

마지막 화음과 함께 우리는 목적지 바로 앞에 이르렀다. 거대한 등대가 서 있었고, 그 주변에 작은 건물들이 있었다. 건물의 흰색이 주변 땅의 검은색과 대조를 이루었다.

나는 그 장소를 보며 생각에 잠겼다. 소년은 올라탈 때처럼 재빠르게 낙타에서 내렸다.

소년은 마치 다른 사람이 된 듯, 혹은 다른 업무를 맡은 사람처럼 목소리 톤이 갑자기 바뀌었다.

"환영합니다! 제가 당신에게 모든 것을 안내해드릴 담당자입니다. 볼 게 많지는 않지만 당신에게 소개할 수 있다면 기쁠 겁니다. 여행은 마음에 드셨나요?"

그러고는 갑자기 웃기 시작했다. 바로 그때 노란색 컨버터블 자동차가 등대 발치에 도착했다. 열일곱 살 정도 되어 보이는 소녀가 운전석에 앉아 있었다. 나는 동물을 타고 온 이 모든 여정이 일종의 신고식이었다는 걸 깨달았다. 소년이 웃음을 멈춘 걸로 보아 내 표정이 화가 난 듯 보인 게 틀림없었다.

"화내지 마세요. 모든 게 좀 더 서사시 같으려면 다양한 방법으로 도착하는 편이 좋아요. 앞으로 지낼 곳을 보여줄게요. 저를 따라오세요."

소년은 등대를 향해 달렸다. 개가 그를 따라갔다. 나는 소녀에게 인사를 건넸으나 소녀는 인사에 답하는 대신 증오의 시선을 보냈다.

"주행성이 아니라 야행성이어서요." 소년이 대신 말했다.

우리는 등대로 들어갔다. 나무로 된 거대한 나선형 계단을 따라 올라가자 여러 층이 있었다. 첫 번째 층에는 간이침대 하나가 덩그러니 놓여 있었다.

"이곳은 도착하는 순서대로예요. 그러니 당신이 가장 낮은 층에서 자고 그 위층에서는 나와 화가 난 소녀, 그리고 나중에 알게 될 두 사람이 잘 거예요."

소년이 안내를 마무리하며 말했다.

"저는 햇볕을 좀 쬘 테니 나중에 봐요. 뭐 필요한 게 있으면……."

"의사는?" 내가 물었다.

"없어요." 소년은 웃으며 말했다.

그러고는 나갔다. 나는 소년의 뒤를 쫓아가서 가지 못하게 막았다. 내게는 정보가 더 필요했다.

"그럼 나머지 사람들은 어디서 살지?"

"다른 사람들은 없어요. 이 섬에는 모두 열 명이 있어요. 여기는 특별하고 유일한 곳이에요. 여기 오려면 죽어가고 있어야 한다는 게 안타깝지요. 가엾기도 하지!"

마지막 말은 매우 흥이 오른 듯한 영국식 발음으로 덧붙였다.

"나한테는 네 명만 말해줬는데……." 내가 대답했다.

"몇 명은 이미 죽었고 한 명은 아직 투병 중이에요."

소년은 잠시 멈추고는 더 설명하려 하는 듯하다가 멈추었다.

"오늘 저녁 식사 시간에 만나요."

소년은 떠났다. 개는 나를 잠시 쳐다보다 곧 소년을 따라갔다. 나는 어찌해야 할지 몰랐다. 그 멋진 장소를 한번 둘러보고 싶은 마음이 들었지만 너무 피곤한 나머지 자야겠다는 생각뿐이었다.

신비로운 소녀가 등대 옆에 있는 작은 만 바로 앞 모래사장에 앉아 있었다. 그녀의 화난 표정 때문에 호기심이 생겼다. 나는 소녀에게 다가갔다.

소녀는 한쪽 눈을 반창고로 가리고 있었는데, 거기에는 비행기들이 동그란 원을 그리는 무늬가 인쇄되어 있었다. 약시 같았다. 파란 안경이 그 이상한 반창고를 가려주었다.

그녀 앞에는 게임이 한창인 작은 체스판이 놓여 있었다. 나는 그녀를 바라보았다.

아파 보이지는 않았다. 하지만 어디가 아픈지 궁금했다. 누군가 죽어가는 듯 보이지 않지만 죽어가고 있다는 건 늘 궁금한 점이었다. 나도 다 죽어가는 사람처럼 보이지는 않아서 많은 사람들이 내게 그렇게 말하곤 했다. 나를 기분 좋게 해주려고 그렇게 말하는 건지 아니면 비난을 하는 건지 알 수는 없었다.

소녀가 내 존재를 눈치채고 고개를 돌려 내게 소리쳤다. "너하고는 아무것도 하고 싶지 않아! 분명히 알아둬. 우리가 죽어가고 있는 건 마찬가지야. 나는 너의 순결이나 그 비슷한 빌어먹을 것을 깨트리는 소녀가 되진 않을 거야. 나는 네가 마음에 들지 않고 앞으로도 그럴 거야. 내게 동정을 바라지 마. 주지 않을 테니. 그런 걸 받고 싶다면 소년을 찾아가봐. 너를 위한 격려의 말과 너털웃음을 항상 준비해두고 있을 테니까. 이런 팻말이 있어야 할걸. '네 똥을 우리에게 가져오지 마. 우리 것만으로 충분하니까.' 알겠어?"

소녀는 체스판을 들고 바닷가로 가버렸다. 나는 아무 말도 하지 않았다. 잠을 자야 한다고 생각했다. 그러나 등대로 돌아가기 전에 뒤편에서 그네가 달려 있는 거대한 나무를 보았다. 그 나무의 가지로 그네를 만든 듯했다. 흔들리는 걸 보니 누군가 그네를 타고 있는 것 같았다.

호기심이 일어 그쪽을 향해 갔다. 다가가보니 열네 살쯤 된 소년이 그네를 타고 있었다. 그네를 타고 있긴 했지만 그 모습을 도무지 이해할 수가 없었다. 그는 사지가 없었다. 팔과 다리가 없었다. 나는 그 자리에 얼어붙었다. 말문이 막혔다. 소년이 웃었다.

"슬프죠! 그렇죠? 괜찮아요. 보기보다 덜 힘들어요."

소년은 단숨에 그네에서 내려왔다. 나를 쳐다보자 어떻게 인사를 건네야 할지 알 수 없었다. 그에게 입 맞추려고 다가가자 그가 내 볼에 입을 맞추었다.

"내 왼팔의 남은 부분을 만져봐요. 이걸로 충분해요. 간단해요. 각 부분이 그것을 포함한 모든 부분을 대표한다는 것만 기억하면 돼요." 소년이 웃으며 말했다.

나는 그 부분을 만져보았다. 말랑말랑해서 흠칫 놀랐다.

"당신에게는 며칠을 주던가요?"

그렇게 직접적인 질문은 예상하지 못했다. 대답하기 힘들었다. 그런 질문을 받은 건 처음이었기 때문이다.

"사흘."

"나쁘지 않네요. 누구도 그 시간을 빼앗을 수는 없어요."

나는 그게 빈정거리는 건지, 아니면 그에게는 실제로 그보다 더 짧은 시간이 남았는지 알 수 없었다.

"이곳은 어때요? 마음에 들어요?"

"나는 좀 더……."

"환영해주는 거요?" 그는 내 말을 잘랐다.

"아주 일반적이지는 않지만 고마운 일이죠. 우리는 거의 죽은 셈이지만, 이 장소는 당신에게 살아 있다고 느끼게 해주잖아요."

나는 더 이상 말하지 않았다. 그 몸통 소년도 더 이상 말하지 않고 자리를 떴다.

"화가 난 소녀는 왜 그러는 거죠?" 내가 물었다.

내 말을 듣고 있지 않다고 생각했는데, 몸통 소년이 갑자기 몸을 돌려 질문을 기다렸다는 듯 나를 바라보았다.

"새로운 사람이 왔다는 건 먼저 와 있었던 누군가를 잃었다는 뜻이거든요. 그녀의 애인이 어제 우리 곁을 떠났어요. 그들은 당신이 상상도 못할 놀라운 삶을 살았어요. 사랑과 성에 있어서 말이에요. 게다가 체스를 두는 취미도 같았지요. 그녀가 갖고 다니는 체스판은 끝내지 못한 게임이에요. 상상해봐요."

그는 잠시 쉬었다가 내게 다시 말해주었다.

"당신은 그의 자리를 차지하게 된 나쁜 사람이죠. 아시겠지만, 그래서 당신이 죽을 때까지 그녀는 당신을 증오할 거예요. 다행인 건 두 사람에게 시간이 얼마 남지 않았다는 거죠. 분노가 영원하지는 않을 테니까요. 나도 사랑을 잃은 연인 중 한 사람에게 미움받았어요. 당신도 상상할 수 있을 거예요. 나는 단봉낙타에서 열 번이나 떨어졌어요."

나는 아무 말도 하지 않았다.

"낚시 좋아해요? 같이 갈래요?"

고개를 저었다.

"낚시 안 할래요? 안 따라올 거예요?"

나는 대답하지 않았다.

"원한다면 내 용혈수에서 그네를 탈 수 있어요. 천 년이나 된 나무인데, 우리의 짧은 생을 알고 가엾게 여기는지 우리를 돌봐줘요. 그네를 탈 때 이상한 쾌감을 느낄 수 있어요. 그네에게 우리는 하루살이인 셈이지요. 한번 타 봐요."

몸통 소년은 가버렸다. 나는 웅장한 용혈수를 바라보았다. 몸통이 내게 해준 말을 전부 믿지는 않았지만 폐에 통증을 느꼈다. 병원에 있었더라면 의사를 불렀을 텐데. 여기에는 약도 없어서 나무에 의지해 그네를 타는 것 말고는 할 게 없었다.

피로 때문인지 용혈수의 힘 덕분인지, 아니면 친절과 적대감이 기묘하게 뒤섞여 있는 호텔 투숙객들 때문인지 모르겠지만, 나는 단 몇 초 만에 평온하게 잠이 들었다.

네가 존재하는 것을

세상이 알게 하려면

심장이 강하게

고동쳐야 한다

잠에서 깨보니 놀랍게도 아직 그 용혈수에서 떨어지지 않고 흔들거리고 있었다. 날이 어두워졌고 배가 고팠다. 몇 시간이나 잤는지 모르겠다.

등대 안으로 들어가봤지만 아무도 없었다. 소녀도 소년도, 그리고 몸통 소년의 얼굴도 보이지 않았다. 나선형 계단은 매우 인상적이었다. 하지만 어째서 내가 머무르는 층 위로는 올라갈 수 없는지 궁금했다.

갑자기 밖에서 소리가 들려 나가볼 수밖에 없었다. 문 옆 바닥에 놓인 거대한 바위 밑에서 종이 한 장을 발견했다. 누군가가 방금 놓고 간 것 같았다. 비행기 여행의 시차 때문에 여러 가지 가능성이 있긴 하지만 등대로 들어올 때 보지 못했던 게 이상했다.

메모에는 다음과 같이 적혀 있었다.

북쪽을 향해 끝까지 가세요. 거기서 당신을 기다리고 있어요. 북쪽이 어디냐고요? 돌이 가르쳐줄 거예요. 저녁 식사가 식으니 지체하지 마세요.

아래를 보니 정말로 돌의 모양이 또렷하게 방향을 가리키고 있었다.

나는 이게 또 다른 신고식인지 궁금했지만 배가 고파서 그쪽으로 갈 수밖에 없었다.

15분쯤 걷다가 포기하려 할 즈음 그들을 발견했다.

해안의 가장 낮은 지대에 있는 산 근처 작은 만에 그들이 있었다.

소년은 다이빙대에서 물로 막 뛰어들려 하는 참이었고, 개는 바로 밑에서 그를 쳐다보고 있었다. 개가 늘 그를 지켜주고 있다는 걸 알 수 있었다. 그 장면이 좋았다. 가슴이 뭉클했다.

그 장소는 정말 아름다웠다. 숯불 냄새가 났고, 주변에는 야외 파티용 전등이 널려 있었다.

나는 언덕을 내려갔다. 작은 만 바로 뒤에는 거대한 산이 있었다. 독특한 장소였다. 거기에는 자연의 기이한 이항식이 공존하고 있었다. 우리가 자연 속에 살고 있는 인간이라는 느낌을 주었다.

소년이 나를 맞이하러 달려왔다. 화가 난 소녀는 바닷가에 있었다. 몸통 소년과 처음 보는 다른 사람은 독특한 야외 파티장에서 식사를 준비하고 있었다.

나는 그 파티에 압도되었다. 내가 이곳에 오는 바람에 그들에게 그렇게 많은 일거리가 생길 줄은 몰랐다. 나는 기뻤다. 누구도 내게 그런 종류의 환영식을 해준 적은 없었다.

거대한 중앙 테이블은 완벽하게 장식되어 있었고, 한가운데에 커다란 꽃다발이 놓여 있었다.

내가 언덕을 마저 내려가기 전에 소년이 내 앞에 왔다.

"여기서 점심을 먹고 저녁을 먹어요. 그리 대단하진 않지만 오늘은 축하하는 날이거든요. 배고프죠?"

"조금."

"좋아요. 이쪽으로 와요, 다른 사람들을 소개해줄게요."

소년은 다정했다. 그러나 그가 단지 의무 때문에 그러는 건지, 아니면 우리가 실제로 마음이 통해서 내가 마음에 든 건지 궁금했다.

우리는 곧장 야외 파티장 쪽으로 갔다. 거기서는 고기가 잔뜩 익어가고 있었다. 몸통 소년이 그의 절단된 팔다리에 조그맣게 남은 부분으로 석쇠를 돌리는 모습이 기이했다. 놀라울 정도로 정확했다.

문득 화톳불이 없다는 걸 알아챘다. 모든 열기가 땅에서 나오고 있었다. 그때 그 이상한 산이 실제로는 휴면 상태이지만 많은 고기를 충분히 구워낼 수 있는 작은 화산이라는 걸 알게 되었다.

"놀랍죠. 그렇죠?" 소년이 다시 앞질러 말했다.

나는 뭐라 말해야 할지 몰랐다. 장소가 지닌 아름다움이 나를 압도했다. 소년이 내게 한 소녀를 소개해주었다. 우리보다 나이가 세 배는 많아 보였다. 그 장소는 젊은 사람들만을 위한 곳이라고 생각했기에 나는 놀랐다.

그녀는 내 표정에서 놀라움을 감지한 것 같았다.

"나는 겨우 열한 살이에요, 멋쟁이. 내 몸이 그걸 잊어버리고 나이를 세 배가 되게 했지요."

그녀의 목소리는 어린아이의 목소리 같았다.

정신이 번쩍 들었다. 나는 당황했다. 얼굴까지 붉어진 것 같았다. 몸통 소년과 소녀가 웃었다.

"열네 살이지만 모든 것을 더 멜로드라마처럼 만들려고 나이를 줄여요." 몸통 소년이 설명했다.

그녀는 다리로 그를 밀어 땅에 쓰러트렸다.

"내 부엌에서 나가, 멋쟁이. 이제 다른 조수가 있으니까."

몸통 소년이 바닥에서 으르렁대자 그녀는 웃었다. 사랑과 증오가 뒤섞인 이상한 분위기였다. 몸통 소년은 소년과 함께 멀어져가는 내내 고양이처럼 기어다니거나 으르렁댔다. 개도 그들을 따라갔다.

나는 이 소녀가 병원에서 환자들을 옮겨주던 남자 간호

사와 같은 일을 하고 있다는 걸 깨달았다. 항상 우리를 '멋쟁이'라 불렀고, 실제로 멋쟁이라고 느끼게 해주었다. 때로는 모든 것이 훨씬 더 간단한데 우리는 그것을 복잡하게 만든다.

나는 몸통 소년처럼 소녀를 도울지 아니면 지켜보기만 할지 망설였다. 고기 냄새가 정말 대단했거나, 아니면 식욕이 돋아서 그렇게 느껴졌는지 모르겠다.

"그들은 과장하는 걸 좋아해요. 당신도 익숙해질 거예요."

그녀가 내게 고기에 소스를 바르라고 그릇과 솔을 건네주며 말했다.

"조심해요, 멋쟁이. 구멍 가운데에 손을 대면 안 돼요. 손이 없어질 수도 있거든요. 화산은 우리를 늘 존중하지만 조심해야 해요."

모두들 실제로 자연이 우리의 비밀을 아는 것처럼 자연에 대해 말했다. 나는 처음 해보는 일이지만 지금까지 평생 그렇게 해온 것처럼 고기에 소스를 발랐다.

"나는 이틀 전에 도착했어요. 이곳이 마음에 들어요. 규칙을 지켜야 하지만 나머지는 마음대로 해도 돼요."

"규칙?"

혼돈으로 가득한 것 같은 장소에 규칙이 있다는 게 놀

라웠다.

"네, 오늘 같은 경우요."

"내 환영식?"

그녀가 웃더니 다른 사람들에게 내 말을 전했다.

"우리가 자기 환영식을 한다고 생각해!"

모두 웃었고 화가 난 소녀마저 웃었다. 나는 그녀가 왜 그러는지 이해할 수 없어 불쾌했다. 아마 아직 어려서 그럴 것이다.

"우리는 당신 환영식을 하는 게 아니라 떠난 사람의 송별식을 하는 거예요."

나이 들어 보이는 소녀가 갑자기 내게 다가오더니 내 심장 쪽을 뚫어지게 쳐다봤다. 이상했다.

"아주 세게 고동치네요. 몹시 빠르게 성장할 때처럼 고동치는 심장 소리가 들려요. 이건 세상의 문제인데, 우리 심장 소리는 매우 작아서 어떤 사람들은 우리가 존재하지 않는다고 생각해요. 당신 심장은 잘 뛰네요, 멋쟁이."

나이 들어 보이는 소녀가 말했다.

그녀는 내게 더 이상 말하지 않았다. 화산의 열기가 호흡처럼 커졌다 줄어들었다. 어쩌면 화산의 심장 고동일 것이다.

고기가 잘 익자 우리는 거대한 테이블에 둘러앉았다.

아무도 말이 없었다. 그저 걸신들린 것처럼 음식만 먹었다. 일반적인 구운 고기와는 달랐고, 강한 불에 익혀 더 맛있는 것 같았다.

모두 손으로 먹기에 나도 따라 했다. 로마에서는 로마의 법을 따라야 한다.

게걸스러운 식사가 끝난 뒤 우리는 화산 가까이 있는 큰 구멍으로 갔다. 거기에는 작은 간헐천이 솟고 있었고 불이 뿜어나왔다. 이상한 열기가 뿜어나와 우리를 감싸고 있었는데, 그 열기의 높이는 화산의 호흡에 따라 달라졌다.

우리는 휴면한 듯한 가장 큰 구멍 주위에 둘러앉았다.

화가 난 소녀가 꽃다발을 들고 왔다. 그때 그 밑에 중요한 것이 있다는 걸 알았다.

꽃잎 밑에 재가 있었다. 각자 재를 한 움큼씩 집었다. 나는 가만히 있었다.

간헐천의 호흡이 그 순간 최고 높이에 도달했다.

"누가 먼저 시작하지?"

나이 들어 보이는 소녀가 말했다.

소년이 주먹을 들자 잠잠해졌다. 조심스레 입을 열었다.

"나는…… 너의 즐거움을 간직할게."

몸통 소년은 절단된 양쪽 팔의 남은 부분을 치켜들고는 팔을 교차시켜 할 수 있는 한 많이 재를 집어 들었다.

"나는 너의 진실을 간직할게……. 너의 진실을 무척 좋아했어."

다음 차례는 나이 들어 보이는 소녀였다. 그녀는 생각을 많이 했다. 여러 번 입을 열려고 우물거리다 결국 한숨 섞인 탄식을 내뱉었다.

"멋쟁이, 마지막 순간 너의 용기를 간직할게."

화가 난 소녀는 내가 만나지 못한 그 소년의 삶을 함께 나눈 마지막 사람이었다. 그녀는 처음으로 미소 지으며 말했다.

나는 너의 사랑을 간직할게,

너의 에너지를,

너의 꿈을,

그리고 나를 사랑하는 방식을.

그리고 그 거대한 구멍에다 재를 던졌다. 나이 들어 보이는 소녀가 그들 주위의 작은 깡통에 담겨 있는 다양한 색의 물감을 구멍에 넣었다. 붉은색과 노란색을 많이 넣었다. 소년은 오렌지색을 약간 넣었고, 몸통 소년은 푸른색을 아주 조금 더 넣었다.

우리는 잠시 기다렸고 약 30초 후에 간헐천이 폭발했다. 재와 그 소년의 삶의 일부가 폭죽으로 만든 거대한 성처럼 하늘을 밝혔다. 매우 인상적인 장면이었다.

재와 쏘아 올려진 색색의 불꽃이 조금씩 떨어져 화산벽의 일부를 적시며 자연과 동화되었다. 화가 난 소녀는 많이 울었다.

그 이상한 광경이 끝났을 때 모두 나를 쳐다보며 거의 동시에 말했다.

"환영합니다."

마치 그 순간부터 내가 다시 존재하기 시작하는 것 같았다. 다른 사람이 떠나면서 내게 삶을 주는 것 같았다.

자유로운

사람만이 행복하다

그럴 수 있는

사람만이 자유롭다

나는 그들의 환영에 뭐라고 답해야 할지 몰랐다. 우리는 모두 자리에 다시 앉았다. 이번에는 바다 근처 높이가 다양한 작은 바위에 앉았다. 각자 자리가 정해져 있었고, 나도 내 자리에 앉았다. 우리는 그 경치의 일부를 이루었다.

나는 내 소개를 하려고 했다.

"환영해줘서 고마워. 내 이름은……."

소년이 내 말을 막았다.

"우리는 규칙이 몇 가지 있어요. 그중 하나가 이름은 우리를 원하지 않는 다른 삶에 속한 것이라는 거예요. 그래서 당신 그룹의 리더로서 당신이 다른 결정을 하지 않으면, 이 주제에 대해 결정을 내릴 때까지 이름을 말하지 말라고 충고하고 싶어요."

나는 그의 말을 이해하지 못했다. 마치 내가 그들의 그룹에 속하지 않는 듯했으며, 다른 사람들의 리더인 것 같았다. 어떤 다른 사람들을 이야기하는 건지 도무지 알 수가 없었다. 거기에 다른 사람들은 없었다.

나이 들어 보이는 소녀가 나를 돕기 위해 끼어들었다.

"각 그룹은 열 명으로 이루어져요. 나는 우리 세대의 마지막이지요. 당신은 우리가 어떻게 사라지는지 보기 위해 온 거고요. 우리 그룹의 마지막 사람이 떠나면 당신 그룹을 이룰 아홉 명이 차차 도착할 거예요. 당신이 당신 그룹의 규칙, 이별하는 방식, 소통하는 방식을 정할 거예요……. 아시겠어요? 우리 리더는 화가의 이름을 택했어요. 우리에게 수천 점의 그림이 담긴 책을 남겨주었고, 우리는 자신과 가장 닮은 화가의 이름을 골랐어요. 내 이름은……."

나는 웃었다. 그런데 나만 웃었다. 그들은 진지했다.

"그럼 나는 너희 세대에 속할 수 없는 거야?"

내가 왜 이 말을 했는지 모르겠다.

"그러니까 너희들은 한 사람을 잃었어……. 너희들의 말은 큰 의미가 없어."

화가 난 소녀가 펄쩍 뛰었다.

"우리는 이미 다섯 명을 잃었어. 우리 말이 안 들려? 분명 우리는 지금도 투쟁하고 있는 우리들의 리더를 곧 잃게 될 거야. 게다가 이미 가버린 사람들에 대해서는 말하지 않아. 이미 떠난 사람들은 여기 없으니까.

우리가 처음이 아니야. 만일 대답을 원한다면 그 산으로 올라가봐. 거기 가면 이미 존재했던 수많은 세대들을 볼 수 있어. 화장을 원하지 않은 사람들의 비석이 있지.

이곳은 수년이 되었어. 그러나 바뀌지 않는 건, 떠난 사람들은 자유롭게 갔고 그들에 대해 이야기하면서 그들을 붙잡을 필요가 없다는 거야."

화가 난 소녀는 가버렸다. 나머지 사람들은 침묵했다. 소년이 침묵을 깼다.

"오늘은 그녀에게 힘든 날이에요. 내일은 좀 다를 거예요. 야행성이라기보다 주행성이죠."

지난번과는 반대로 말했다.

그들을 바라보았다. 아무도 내게 그 모든 것, 내가 누군가의 리더가 될 거라고 이야기해준 적은 없었다.

나는 죽으러 왔다. 간단했다.

"내 말이 맞는지 모르겠네."

나는 솔직해지기로 했다.

몸통 소년이 웃었다.

"당신은 죽어요, 맞아요. 게다가 어떤 세대도 5일 또는 6일을 넘기지 못해요. 이 모든 과정이 빠르게 진행되기 때문에 오랫동안 리더로 있지는 못할 거예요. 정말로 대답을 원한다면, 비석을 지나 화산이 시작되는 곳까지 가봐요. 거기에 이걸 만든 사람이 있고, 당신이 결정 내리는 걸 도와줄 거예요. 모두들 한 번은 거기에 올라가봤지요."

나는 화산을 바라보았다. 매우 높았다. 내가 올라갈 수 있을지, 아니면 올라가고 싶은지 알 수 없었다.

"그랜드호텔이 뭔가 대단한 거라고 생각했어. 다른 걸 상상했어."

모두 웃었다. 나는 그 웃음을 이해하지 못했다. 나이 들어 보이는 소녀가 다시 나를 도와주었다.

"여긴 그랜드호텔이 아니에요. 그랜드호텔은 저기지……."

그녀가 바다 가운데 무언가를 가리켰다. 몸통 소년이 말을 이었다.

"우리는 저기로 가기 전에 먼저 여기에 머물러요."

다시 같은 방향을 가리켰다.

"지금은 보이지 않는 저 섬이 그랜드호텔이고, 이제 당신이 여기서 더 이상 할 게 없다고 하면 당신을 저기로 데려갈 거예요."

소년이 마지막으로 설명에 합세했다.

"여기 것이 삶이에요……. 거기서는 모든 것이 끝나요."

나는 그 어두움을 바라보았다. 아무것도 보이지 않았다.

모두 내가 무엇을 할지 알고 있었다. 소년은 그것을 말로 구체화시켰다.

"새벽이 되면 당신 눈으로 보고 싶을 거예요. 우리도 모두 그랬거든요. 바로 그랜드호텔이지요. 편히 쉬세요. 내 이름은 칸딘스키이고, 얘는 반 고흐."

한쪽 귀가 없는 개를 가리키며 말했다.

모두 자리를 뜨기 시작했다. 몸통 소년은 떠나기 전에 자신의 절단된 팔의 남은 부분으로 내 목덜미를 다정하게 쳤다.

"나는 피카소예요. 그저 하나의 섬일 뿐이에요. 그 이상은 상상하지 말아요."

나이 들어 보이는 소녀가 우정 어린 입맞춤을 해주자 내 내면의 존재를 일깨웠다.

"고갱. '자유로운 사람만이 행복하고, 그럴 수 있는 사람, 즉 그래야 하는 사람만이 자유롭다. 살기 위해 우리를 살게 하는 이성을 잃어야 하나?' 그가 이 말을 했고 내가 그 사람이에요. 떠난 사람은 달리예요. 복잡하고 초현실주의적이지만 자기만의 특성이 있고 천재적인 사람이지요. 안녕히 주무세요, 멋쟁이."

그리고 나는 거기 남아 어둠을 바라보며 날이 밝기를 기다렸다. 그랜드호텔을 봐야만 했다.

해소되지 못한

궁금증은

인정받지 못한

두려움이다

나는 거기서 바로 앞에 있는 그 섬을 여명이 비출 때까지 기다렸다. 너무 작은 섬이어서 놀랐다. 우리가 있는 섬에서 그 섬의 전체 둘레가 다 보였다. 마치 그림을 그려놓은 것 같았다.

섬 중앙에 원형 건축물이 보였다. 나머지는 몹시 황폐했으나 설명하기 어려운 에너지로 가득했다. 그것이 그랜드 호텔임이 분명했다.

내 뒤에서 가벼운 숨소리가 느껴졌다. 몸통 소년이었다. 그는 소리 없이 다가왔다. 내가 뭘 보고 있는지 아는 사람처럼 존경 어린 눈빛으로 나를 지켜봤다. 감정이입이 가장 적은 사람인 줄 알았는데, 때로는 겉으로 보이는 것과는 정반대인 법이다.

고개를 돌려 뒤편에 있는 화산을 바라본 뒤 올라가보기로 결심했다. 해답이 필요했다. 거기 있는 사람과 이야기를 나누고 싶었다.

그곳을 향해 걸음을 내딛자 몸통 소년이 따라왔다. 나는 그가 산을 오르지 못할 거라 생각했지만 의외로 절단된 팔다리의 남은 부분은 놀라운 능력이 있었다.

몸통 소년은 거리를 유지했다. 내가 화를 내고 있다는 걸 눈치챈 게 분명했다. 한 시간 정도 올라가자 몸통 소년이 말했던 묘비가 있었다.

묘비는 수백 개였고, 수십 개씩 그룹을 이루고 있었다. 어떤 것은 세워진 지 오래된 것 같았다. 죽음의 시대와 세기를 보는 것 같았다. 세상을 떠나기 위해 이 섬에 온 소년과 소녀들의 세대. 그 무덤 앞에서 미묘한 감정이 들었다.

낯선 사람들끼리 짧은 순간 속에서 서로의 이야기를 나눈 교류를 보는 것 같았다. 나는 그것을 어떻게 이해해야 할지 몰랐다.

몸통 소년은 모든 걸 이미 알고 있는 사람처럼 바라보고 있었다. 그는 한 묘비 위에 앉았다. 기묘하고도 한편으로는 초현실주의적인 장면이었다. 그가 뭐라고 중얼거렸고 나는 그 소리를 들었다.

"이곳의 삶은 짧고, 모든 것이 5일 안에 일어나죠. 한 세대가 생겨나고 다른 세대는 사라져요. 대부가 위에서 당신을 기다리고 있어요. 가봐요."

"대부?"

왜 그렇게 부르는지 알고 싶지 않았다. 그에게 직접 물어보고 싶었다.

"누군가 여기서 지내지 않기로 결심했니? 누군가 돌아가기로 결심했니?" 그에게 물었다.

"어디로 돌아가요?"

"삶으로 돌아가는 거지."

"노예 신분으로요?"

나는 노예 신분에 대해 더 이상 묻지 않았고, 다른 사람이 이 주제에 대해 철학적으로 다루는 것도 원치 않았다.

"여기 온 지 얼마나 됐지?"

내가 물었다. 용혈수에서 만났을 때부터 궁금했다.

"4일이요. 내게 최대 하루가 남았을 거라고 예상하고 있어요. 나는 행운아예요." 안색도 변하지 않고 대답했다.

나는 아무 말도 하지 않았다. 그가 여기서 더 오래 머물기를 바랐다.

"괜찮아요." 그는 말을 이었다. "사흘 전에 죽었다면 지금처럼 이야기 나누지 못했을 거예요. 내 삶에서 지난 14년보다 여기서 보낸 4일이 더 길게 느껴져요."

나는 거대한 묘비가 드리운 그늘 아래 앉았다. 태양이 그 장소 전체를 덮히기 시작했거나, 아니면 이 대지 자체가 휴화산이어서 뜨거운 건지 모르겠다.

"너희 부모님은?" 내가 물었다.

"다섯 살 때 돌아가셨어요. 형은요?"

그에게 거짓말을 했다

"10년 전, 교통사고로."

"여기 있는 우리 모두는 죽음을 겪은 경험이 있어요."

우리는 침묵했다. 나는 그의 기운을 북돋우기 위해 그에게 말을 걸 뿐이었다. 나를 보호하고 있는 묘비는 그것을 둘러싼 여덟 개의 묘비와 마찬가지로 철학자의 이름이 새겨져 있었다. 가운데 있는 묘비는 리더의 것 같았다. '플라톤'이라고 쓰여 있었다.

"너희들의 리더는 이름이 뭐지? 가장 유명한 화가의 이름이어야 하지 않나?"

"아니요……. 그렇지 않아요……. 마티스예요. 우리 리더는 아직 살아 있어요."

"마티스? 왜지?"

"마티스가 언젠가 너는 항상 어린아이인 동시에 어른이어야 한다고 말했대요. 상상을 하는 어린아이이면서 그 꿈을 이루기 위해 힘을 끌어내는 어른인 것이지요. 그가 바로 그래요. 어린아이이면서 어른. 위대한 리더."

"오래전에 갔다면서 왜 아직 죽지 않았지?"

"리더들은 항상 끝까지 버텨요."

그 말이 나를 향한 것임을 알았다. 산을 계속 오르기로 했다. 화산의 정상에 도달하는 데는 거의 두 시간이 걸렸다. 그 위에 오두막집이 한 채 있었다. 작은 동굴 같은 것을 만들기 위해 산의 형태를 활용한 것 같았다. 놀라울 정도로 아름다운 균열이었다. 동굴을 만든 사람이 그 장소를 몹시 사랑했다는 것을 느꼈다.

나는 그곳을 향해 갔다. 몸통 소년은 따라오지 않았다.

"당신의 시간이에요." 거의 들리지 않는 목소리로 말했다. "잘 나오게 미소 짓도록 노력하세요."

무슨 말인지 몰랐지만 더 이상 캐묻지 않았다.

동굴 옆에 거의 아흔 살쯤 되어 보이는 한 남자가 있었다. 중절모자를 쓰고 있었다. 내 병실 룸메이트도 같은 모자를 갖고 있었다. 그의 앞에 거대하고 기이한 형태로 응고된 용암 덩어리가 있었다. 내가 도착하자 그는 2분 정도 나를 바라보더니 갑자기 용암을 천천히 조각하기 시작했다.

나를 조각하는 것 같았다. 몸통 소년이 미소 지으라고 한 이유가 그 때문이라는 생각이 들었다.

"이름이 있니?" 그가 내게 물었다.

나는 고개를 저었다.

"얼떨떨하지?"

고개를 끄덕였다.

"많은 동료를 잃었고, 그들의 리더마저 그랜드호텔로 떠난 건 큰 충격이지."

그는 말을 멈추고 조각하던 손도 멈추었다.

"아마도 이제 네가 리더가 되어야 할 거야."

"나는 그 누구의 리더도 되고 싶지 않아요. 나는 내가 어떤 가능성을 지니고 있는지 알고 싶어요. 당신이 우리 의사인가요?"

그가 미소 지었다.

"아니, 나는 너희들의 의사가 아니야. 여기에 의사는 없어. 의사는 너를 치료하고, 살게 하고, 너에게 더 많은 시간을 주는 사람이지. 여기서는 너를 진정시켜주고 평온한 종말을 맞게 해주지."

"내가 여기 남아 있고 싶은지 잘 모르겠어요."

"병원에서 죽고 싶니? 여기는 자유가 있어."

다시 침묵이 흐르다 그가 자코메디의 조각상과 흡사한 조형물을 만드는 소리에 침묵이 깨졌다.

"왜 이걸 만들죠?"

"이해가 빠르구나. 왜 내가 조각을 한다고 생각하니?"

"누군가가 죽었나요?"

고개를 끄덕였다.

"응, 누가 죽었어. 누구라고 생각하니?"

"아들?"

다시 고개를 끄덕였다.

"이제 알겠니? 넌 지혜로워. 속박에서 벗어나면 빨리 적응할 수 있을 거야."

"어떤 속박이요?"

"구원, 너를 구할 방법이 있다는 생각."

"그런 게 있을 수도 있겠지요."

"그렇게 생각할 수 있지만 네게 해결책을 주지는 못해."

"그들은 나를 싫어해요." 나는 솔직하게 말했다.

"그들은 자신의 지도자를 잃었어. 넌 그들의 무지를 일깨워주게 될 거야."

"왜 두 세대가 교차되게 하는 거죠? 의미 없어요."

"의미 없다고 생각하니?"

"네." 나는 확신에 차서 대답했다.

조각상을 보니 나와 확실히 닮아 있었다. 내 몸의 골격이었다. 내 내면을 재창조하려 한 것 같았으나 그렇다는 확신은 없었다.

"우리의 내면을 보나요?"

"아니. 너희들의 궁금증을 찾으려고 노력하지. 단지 오늘만 그것들을 볼 수 있어……."

"우리의 두려움이라고 말하고 싶은 거죠."

"아니. 지금은 궁금증이지. 만일 이것이 통제되지 못하면 두려움으로 변해. 해소되지 못한 궁금증은 인정받지 못한 두려움이지. 궁금한 게 있니?"

나는 생각했다. 궁금한 게 많았다……. 나는 가장 명확한 것을 언급했다.

"그랜드호텔로 갈 때까지 여기서 무엇을 하나요?"

"네가 원하는 모든 것. 무엇보다도 앞으로 도착할 아홉 명의 리더가 되기 위해 준비를 하는 거지."

"리더가 왜 필요하죠? 모두들 선택권이 있잖아요."

"착각하지 마. 그들은 하나의 교향곡이고, 너는 그들이 어떻게 소리를 낼지 정하는 톤이 되는 거야."

"왜 나죠?"

그가 대답하는 데 시간이 걸렸다. 대답했을 때 나는 그의 말을 이해하지 못했다.

"많이 찾으려 하지 말 것, 하지만 더 많은 자신을 발견할 것."

그는 조각을 마쳤다. 아름답고 가벼웠다. 그건 내 영혼의 일부였다.

그는 조각을 들고 화산 입구까지 올라갔다. 입구 주변에는 궁금증과 두려움을 나타내는 그런 조각이 거의 백여 개나 있었다. 모두 이상한 움직임이나 행동, 또는 단순히 의심하거나 두려워하는 모습을 나타내고 있었다.

그는 내 조각을 왼쪽 끝에 놓았고, 마지막으로 부족한 점을 수정하려는 듯 가볍게 매만졌다.

조각들은 마치 화산이 깨어나지 못하게 막는 침묵의 주민들 같았다.

그는 어떤 소리를 들으려는 것처럼 하늘을 바라보았다.

"피타고라스는 행성들이 돌면서 우주의 음악 소리를 낸다고 말했어. 하지만 지구에서는 그 소리를 들을 수 없어. 우리가 그 하모니에 익숙해진 채 태어나고 성장했기 때문이지.

소리를 느끼려면 침묵이 필요해. 하지만 마찬가지로 우리 음계가 지닌 각각의 톤은 우리 주변을 도는 구체들의 움직임에서 나오지.

이따금 이 화산에서 모든 것이 잠잠할 때면, 행성들이 동시에 돌면서 두 행성이 이루는 화음이 들리지."

그러고는 더 이상 말하지 않고 조각만 계속했다. 나는 그만 돌아가기로 하고, 필요하면 다시 오기로 했다. 그 사람에게서 더 이상 뭔가 얻을 수 있을 것 같지 않았기 때문이다.

내가 떠나기 전에 대부는 내게 중절모자를 건넸다. 내가 그 모자를 갖고 싶어한다는 걸 알아챈 듯했다. 나는 모자를 받았다.

"그걸 내게 돌려주겠지."

조각을 계속하면서 중얼거렸다.

나는 모자를 갖고 돌아왔지만 그걸 쓰지는 않았다. 몸통 소년은 내려가는 동안 나를 바라보았다. 그는 모든 것을 다 들었을 것이다.

"멋지게 나왔나요?"

나는 대답하지 않았다. 가능한 한 빠르게 산을 내려갔다. 몸통 소년에게서 벗어나고 싶었지만 그는 전속력으로 나를 따라왔다. 올라갈 때에 비해 시간이 절반밖에 걸리지 않은 것 같았다.

작은 만에 도착하자 소년과 개가 우리를 기다리고 있었다. 걱정스런 표정이었다.

"소녀들이 떠났어요. 한 시간 전에 데려갔어요."

몸통 소년은 아무 말도 하지 않고 곧장 물로 뛰어들어 잠수를 했다. 소년은 나를 바라보았다.

"당신은 이제 등대의 3층에서 잘 수 있어요."

그녀들이 떠났다는 건 내가 승진한다는 걸 의미했다. 나는 대답하지 않았다. 피곤하고 지쳤다.

등대로 가서 나선형 계단을 올라 3층으로 가서 분명 두 소녀 중 하나의 것이었을 간이침대에 몸을 뉘었다.

체스판을 보고 그 방이 화가 난 소녀의 방이었다는 걸 알 수 있었다. 게임은 백이 이기기는 거의 불가능한 판이었다. 거의 확실한 외통수였다.

그 곤궁한 상황에서 빠져나와야 할 사람은 그 소녀이거나 그녀의 애인이었을 것이다. 결코 게임이 다시 이어지지 않을 그 불완전한 체스판을 보고 있자니 기분이 이상했다.

나는 쉬기로 했다. 낮잠이 이상한 습관이 되고 있었다.

궁금증이 두려움으로 변해버린 것 같았다.

세상은 존재하는

가장 큰 놀이마당이다

하나의 교실이라고

생각한다면

잠에서 깼을 때는 다시 밤이었다. 내가 어디 있는지 깨닫는 데 시간이 걸렸다. 잠자리가 바뀌면 이런 현상이 일어난다. 침대에서 나오는 데 시간이 걸렸다. 그 방은 내 방이 아니었고, 화가 난 소녀의 공간을 침해하고 있다는 생각이 들었다.

나는 결코 다른 사람의 사생활을 염탐하지 않으며, 병원에서도 수십 명의 사람들과 사이좋게 지냈다. 그들의 규칙에 따라 3층으로 올라온 것을 후회했다.

등대 안에도 밖에도 아무도 없었다.

저녁을 먹었던 그 작은 만에 있을 거라고 생각했다. 꽃다발이 없기를 바랐다. 그게 좋은 징조일 테니.

거기까지 가는 데 시간이 좀 걸렸다. 나는 천천히 걸으면서 주변 경치를 즐겼다. 내가 조금 달라진 것을 느꼈다. 계속해서 불어오는 바람 때문인지도 모르겠다. 어떤 바람은 인격을 빚는다.

도착하자 멀리 테이블 위에 꽃다발 두 개가 보였다. 한 세대의 마지막 격전을 치르고 있다는 느낌이 들었다.

그날 밤에는 적게 먹었다. 나는 이미 의식을 알고 있었다. 화산의 도움으로 음식을 만들고 손으로 식사를 한다.

그들은 두 소녀에 대해, 그들의 삶과 투쟁, 용기가 어떤 의미인지를 매우 격렬하게 이야기했다. 나는 아무 말도 하지 않았다. 끼어들고 싶지 않았다.

그녀들이 하늘을 강렬하게 비추는 것을 본 다음 우리는 해변에 앉았다. 그들은 죽음과 어떻게 죽음에 맞설지에 대해 계속 이야기했다.

나는 폐에서 찌르는 듯한 통증을 느끼기 시작했다. 주의를 요하는 내 병 때문인지, 일종의 그리움 때문인지, 아니면 내가 익숙해 있던 전형적인 사소한 대화와는 거리가 있었기 때문인지 모르겠다. 거기서는 모든 것이 너무 강렬하고 의미가 가득했다.

피상적인 주제에 대해 대화를 나누고 싶은, 제어할 수 없는 욕구를 느끼면 어떨지 상상했다.

나는 말을 하기로 했다.

"난 죽고 싶지 않아." 나는 진지하게 말했다.

"우리 모두 마찬가지예요." 몸통 소년이 대답했다.

소년이 다가와 나를 안았다. 그와의 접촉이 느껴졌다. 그런 접촉이 필요하다는 생각이 들었다. 내가 곧 죽을 거라는 소식을 들은 뒤 나를 안아준 사람은 아무도 없었기 때문이다. 포옹이 따스하게 느껴졌다. 소년 역시 감동해 말문을 열지 못하고 머뭇거렸다. 개는 그가 무슨 말을 할지 아는 듯 멀어졌다.

"저는 오늘 밤에 죽을 거예요. 진심으로 유감이에요. 나는 두렵지 않아요. 10년 동안 아주 많은 경험을 했기 때문이지요. 여기서 보낸 6일은 내게 인생 전체였어요.

앞으로 어른이 되어야 하겠지만 아마도 나는 절대 어른이 되지 못할 거예요. 하지만 어른들도 과거의 어린아이를 간직하지는 못한다고 생각해요. 아마도 백만 명 중 한 사람은 간직하겠지만 나머지 구십구만 구천구백구십구 명은 그것을 두려움과 함께 묻어버리지요. 자기 자신도, 자신의 두려움도 모른다는 것을 기억해야 해요. 그래서 마치 그것들을 아는 양 행동하지 말아야 해요."

"여기서는 어떻게 살아가는지 아세요?" 그가 덧붙였다.

"아니." 그는 내가 이렇게 대답할 줄 알고 있었다.

몸통 소년은 아무 말도 하지 않았다.

"당신이 항상 하고 싶었고 이루고 싶었던 것을 찾아요. 그것을 완성하기 위해 이틀, 사흘 또는 나흘의 시간이 있어요. 그것이 얼마나 필요한지, 그리고 당신 삶에 어떤 의미인지 알고 있을 거예요."

나는 무슨 질문을 해야 할지 알았다.

"너희들은 무엇을 발견했니?"

몸통 소년은 대답하지 않았다. 그저 걷기 시작했다. 우리는 용혈수까지 몸통 소년을 따라갔다.

그는 용혈수에 올라갔다. 거기서 나는 그가 그네만 타는 게 아니라는 걸 발견했다. 그는 자연의 조각들로 작은 드럼 세트를 만들었다.

그가 그것을 두드리기 시작하자 놀랍게도 멋진 소리가 났다. 나는 그가 〈il mondo〉를 연주한다는 걸 금세 알아차렸다.

Gira, il mondo gira,

nello spazio senza fine……

돌고, 끝없는 공간 속을 세상은 돌고 또 돌고……

그의 절단된 팔다리 말단 부분이 용혈수에서 쉬지 않고 움직이며 회전하고 특정 부분을 두들기면서 매우 격렬한 사운드 트랙을 만들어냈다.

생애를 통틀어 내가 본 것 중 가장 인상적인 장면이었다.

우리는 열광적으로 박수를 쳤다. 소년을 바라보았다. 그가 무엇을 발견했는지 알고 싶었다.

소년은 대답하기를 꺼렸다.

"원한다면 소녀들이 선택한 것을 설명할게요. 한 소녀는 심장 소리를 듣곤 했어요. 이상하죠, 그렇지 않아요? 맥박 소리에 매료되어 있었어요."

"나한테 얘기해줬어." 내가 대답했다. "그럼 너는?"

"화가 난 소녀는 자기 애인과 체스에 푹 빠져 있었지요. 그들은 항상 사랑이란 체스와 같다고 말했어요. 비숍이나 루크처럼 빠른 움직임으로 사랑하는 사람들이 있다고 했어요. 나이트처럼 이상한 방법으로 좋아하는 사람들도 있고요. 그리고 마지막으로 사랑할 줄 모르는 폰 같은 사람들이 있는데, 그들은 빨리 걸을 수 있어서 판의 끝에 도달하면 사랑에 대한 다른 방식을 찾을 수 있지요."

"그들이 여기에 도달할 수 있었던 것처럼." 몸통 소년이 용혈수에게 덧붙였다.

또다시 침묵이 흘렀다. 떠나버린 사람들에 대해 이야기하는 것은 독특한 분위기를 자아냈다.

나는 다시 물었다. 소년은 무엇을 발견했는지 궁금했다.

"그리고 너는?" 소년은 뜸을 들이다 대답했다.

"놀이를 만드는 거요." 그가 얼굴을 살짝 붉히며 말했다.

"아니, 아니, 그에게 잘 설명해줘." 몸통 소년이 웃으며 말했다.

"나는 항상 세상이 오로지 놀이를 하기 위해 만들어졌다고 믿었어요." 소년이 설명을 덧붙였다. "세상은 존재하는 가장 큰 놀이마당이에요. 하나의 교실이라고 생각한다면 당신은 설득당한 거예요. 단지 놀이만을 해야 해요. 그래서 난 죽음의 게임을 만들어요."

그들은 다시 웃었다. 나는 그들이 하는 말을 이해하지 못했지만, 그들이 그토록 한통속처럼 보이기는 처음이었다.

소년은 더 자세히 설명하기 위해 단어를 찾기 시작했다.

"우리는 죽을 거고, 그렇지 않다면 여기 있지도 않겠죠. 의사들이 죽을 거라고 말해주기 전에 왜 우리는 죽음의 게임을 해보지 않을까요?"

나는 결국 그의 말을 이해하지 못했고, 그는 그것을 눈치챘다.

"설명하기 어려워요. 그걸 이해하려면 게임을 해야 해요."

"맞아, 게임을 합시다. 어떤 게임으로 할까요?" 몸통 소년이 생기를 띠며 말했다.

그들은 서로 바라보았다. 소년이 용혈수로 올라가더니 둘이서 무언가를 소곤대기 시작했다. 신이 난 듯 보였다.

그들이 생각하는 동안 나도 무엇이 내 취미가 될 수 있고 마지막 날에 무엇에 전념할지 스스로 물었다. 나를 채

위줄 수 있는 무엇, 나를 행복하게 할 무엇. 사실 나는 그런 생각을 한 번도 해본 적이 없어서 해답을 찾기가 어려웠다.

이미 말했듯이 종이에 그림을 그리고 내 인생의 장면들을 갈겨쓰는 것, 내가 매일 하나씩 해온 그런 일들은 대단한 열정에서 우러나온 것이라기보다는 그저 일기에 불과했다.

"찾았어요." 그들이 동시에 말했다.

내 취미가 아니라 자신들의 게임을 찾았다는 거였다.

우리는 기다란 줄을 찾으러 등대에 들렀다. 곧이어 그들은 나를 작은 만의 북쪽으로 데려갔다. 낭떠러지에 이르는, 날카롭고 돌출된 장소였다. 파도가 절벽에 격렬하게 부딪쳤다. 작은 인사를 계속하며 그 지역을 경배하는 것 같기도 했다.

내 아버지가 기억났다. 그 장소는 구조상 그의 절벽과 닮았으나 냄새와 강도는 달랐다. 겁이 났다.

그리고 우리는 게임이라는 걸 하기 위해 거기 있었다. 소년은 우리 세 사람을 절벽의 가장자리에 자리 잡게 했다. 30미터 높이에서 자유낙하를 할 수 있는 곳이었다.

소년은 각자에게 밧줄 끝을 던져주었다. 이상한 밧줄이

었다. 끝이 여럿 있고 중간에 매듭이 있었다.

소년이나 몸통 소년이 게임에 대해 아무런 설명도 해주지 않았지만, 나도 다른 두 사람도 바다에 빠지지 않도록 정확하게 힘을 유지하는 게임이라는 걸 알아챘다.

"우리가 열 명이었을 때 모두 함께 이 게임을 했어요. 그리고 아무도 떨어지지 않았죠. 내 생각에⋯⋯." 몸통 소년이 말했다.

두 사람은 웃었다.

"무슨 게임이지?" 나는 정확한 좌표를 기대했다.

"다른 게임과 마찬가지로 게임을 하며 살아남는 거죠. 자, 시작합시다!" 소년이 말했다.

나는 소년이 온 힘을 다해 자기 밧줄을 끌어당길 때 "게임을 하며"의 의미를 이해하지 못했다. 그 누구도 너무 세게 잡아당기면 안 되는 거라고 머릿속에 떠올렸던 전술이 즉시 사라졌다.

몸통 소년은 지탱할 수 있는 부분이 많지 않았지만 남은 팔다리로 줄을 잡고 강하게 힘을 유지했다. 소년은 자신의 힘보다는 분노를 더 많이 사용했다. 놀랍게도 나는 분노와 힘, 둘 다 갖고 있었다.

게임을 하지 않은 지가 얼마나 되었는지 기억이 나지

않았다. 무엇보다 나는 게임을 충분히 즐기지 못했다. 나는 차츰 게임에 적응했고 끝내 크게 웃고 말았다. 힘이 넘치는 기분이었다…….

놀라운 일도 있었다. 두 번이나 내가 거의 떨어질 뻔했을 때 누군가 나를 구해주었다. 나는 그가 누군지 묻지 않았다. 다시 살아난 느낌이었다. 그 게임으로 내가 다시 태어나는 것 같았다.

몸통 소년과 소년은 자신의 약점을 어떻게 이용해 게임을 잘 할 수 있는지 알고 있었다.

모두 지쳐 바닥에 쓰러지고서야 게임이 끝났다. 우리는 별이 빛나는 하늘을 바라보았다. 등대 불빛이 관심을 끌기 위해 이따금 우리를 비추었다.

그랜드호텔이 앞에 느껴졌다.

"그랜드호텔 사람들은 우리 상태가 안 좋다는 걸 어떻게 알지?" 내가 물었다.

"늘 우리를 관찰하고 있어요." 몸통 소년이 말했다.

소년이 좀 더 구체적으로 설명해주었다.

"만일 밤에 누군가가 안 좋다는 걸 알아차리면 등대 색을 바꿔요. 그들이 등대를 보고 상태가 안 좋은 사람을 데리러 오죠."

몸통 소년이 말을 이었다.

"만일 밤에 그런 일이 생기면 등대의 사이렌을 울려요. 머릿속을 가득 채우는, 끔찍하게 웅웅대는 불쾌한 소리예요."

그러고는 몸통 소년은 말없이 자리를 떴다. 그런 주제를 꺼낸 게 좋지 않았던 것 같다. 우리의 행복이 모두 희석된 것 같았다.

소년은 절벽 위 내 옆에 있었다. 벌떡 일어나더니 절벽 가장자리에 섰다. 그는 담배를 피우지는 않았지만 균형을 잡으려는 모습이 내 아버지를 연상시켰다.

"몸통 소년은 나이 들어 보이는 소녀와 매우 가깝게 지냈어요. 그녀에게는 아무 말도 하지 않았지요. 각자 자신의 죽음은 견딜 수 있지만, 가까운 누군가의 죽음이 연관되면 모든 게 너무 복잡해져요.

아마도 그녀를 사랑했던 것 같아요. 모르겠어요. 나는 사랑을 별로 믿지 않아요. 사람들은 사랑을 하는 게 아니라 단지 자신의 욕망과 그 감정의 영향을 받아 마음이 끌리는 것뿐이라고 생각해요.

소유하는 건 오류를 범하는 거예요. (어린 나이에 비해 매우 현명해 보였다) 당신만을 위해 누군가를 사랑하지 말고 그 사랑을 자연과 세상과 함께 나눠야 해요. 당신에게 속한 게 아니라는 걸 알아야 해요. 당신만을 위해 무언가를 원한다면 조만간 그것을 잃게 될 거예요.

나는 내가 만든 게임들을 함께 해요. 게임과 반 고흐는 내가 가진 전부예요. 그래서 내가 떠날 때 반 고흐도 함께 자리했으면 좋겠어요."

침묵이 흘렀다. 그는 깊은 협곡에서 균형잡기를 계속했고 나는 넋을 잃고 바라봤다.

"긴 하루였네요. 나는 이제 수영을 할 거예요. 같이 할래요? 필요할 것 같아서요."

나는 고개를 끄덕였다.

소년은 옷을 모두 벗은 뒤 허공을 바라보고 쏜살같이 뛰어내렸다. 나는 최악의 상황을 두려워하며 재빨리 일어나 그가 어떻게 됐는지 보러 갔다. 나무랄 데 없이 완벽했다. 소년은 물속에서 웃고 있었다. 그는 그 대양을 알았다. 해류에 휘말려 바위까지 쓸려가지 않으려면 어디로 떨어져야 하는지 알았다.

나도 뛰어내려야 할지 주저했지만, 상상한 것보다는 덜 주저했다. 옷을 벗고 곧바로 그와 같은 곳으로 거의 두려움 없이 뛰어내렸다. 그가 두려움이 없다면 나도 마찬가지다.

우리는 수영을 하고 물에 빠뜨리기 놀이도 하고, 해변을 달렸고 자유를 만끽하며 웃었다.

그는 떠났고 나 혼자 남았다. 이유는 알 수 없었지만 나는 몸 상태가 좋아졌고 강해졌다고 느꼈다. 설명하기 어려운 이상한 에너지가 감돌았다.

갑자기 산 위의 남자가 의사나 학자는 아니라는 생각이 들었다. 그는 자기 아들이 아니라 아이들을 잃었다. 그 섬에서 살아남은 사람이었고, 우리와 같았지만 치유된 사람일 가능성이 컸다. 아마도 유일하게.

거기서 이틀 밤을 지내고 나니 그 장소가 나를 진정시킨다는 걸 깨달았다. 자유롭다고 느꼈다. 나의 뇌는 아무것도 걱정하지 않았다. 모든 저항력을 더 이상 행사하지 않게 된 것 같았고, 진정한 내가 다시 등장하는 것 같았다.

우리는 어리석은 일에 두뇌를 너무 많이 써서 결국 터무니없는 문제 해결에 매달린다는 생각이 들었다. 그래서 아무것도, 절대 아무것도 하지 않아도 될 때 당신의 본질과 진정한 당신이 등장한다.

나는 초연함을 갖고 세상을 바라보았다. 그들은 살아가겠지만 계속해서 맹목적으로 찾을 것이고, 나는 안식을 누리고 있다.

사망 선고를 받은 지 48시간 뒤 그곳에서 나는 정말이지 행복했다.

내게 남은 시간 동안 무엇을 하고 싶은가? 소년은, 중요한 건 내가 항상 하고 싶었지만 두려움 때문에 하지 못한 것을 찾는 거라고 했다…….

나는 어릴 적부터 세상이 내게 너무 많은 것을 금지한다고 생각했다…….

아마도 나는 글쓰기를 좋아할 것이다. 내 양아버지는 글을 썼다. 나는 병원에서 단편을 몇 편 써서 제목을 「하나의 이야기가 필요한 결말들」이라고 붙인 적이 있다. 각 장 말미에 휘갈겨 쓴 생생한 시퀀스를 몇 개 첨부했다. 하나의 결말을 생각하는 걸 좋아했고, 곧이어 그 결말을 둘러싼 이야기를 찾아냈다.

나 자신도 하나의 이야기가 필요한 그 결말들 중 하나에서 일인칭으로 살고 있었다.

나의 죽음은 그 마지막 페이지를 완성해야 할 하나의 삶에 황금 훈장을 달아줄 것이다. 비록 내 삶은 고통과 상실로 가득하지만, 그 마지막 부분에서는 모든 것이 바뀐다.

책의 끝에서 세 번째 또는 네 번째 장에 가장 감동적인 부분이 있다. 회상하는 부분.

그러나 글쓰기는 내게 도움이 되지 않는다. 그것은 이미 해보았고, 실제로 그다지 즐기지 못했다.

갑자기 모든 것이 명확해지자, 남은 시간 동안 무엇을 하고 싶은지 알았다.

노래하는 것. 노래는 내게 필요한 그 무엇이었다. 그렇지만 아무 노래나 부르고 싶은 게 아니었다. 나는 아리아를 부르고 싶었다.

아리아는 나를 매료시켰다. 항상 아리아를 듣고 싶다고 생각했지만, 아마도 내가 정말로 바라는 건 아리아를 부르는 것이리라.

내가 어렸을 때 오페라를 불렀던 환자가 있었다. 그는 매일 밤 병원에서 노래를 부르고 목소리를 가다듬었다. 시적이었다. 병원 전체에 노랫소리가 울렸고, 그럴 때면 그 음악이 여러 환자를 치유하는 듯한 느낌이 들었다.

때때로 그는 어린이 병동까지 들리도록 큰 소리로 로시니의 〈*Duetto buffo di due gatti* 고양이 이중창〉을 부르곤 했다. 그는 두 가지 음을 냈고, 우리의 '야옹이 소리' 어린이들은 그 멜로디를 보충했다.

나는 그 노래가 너무 좋아서 오페라 가수가 되고 싶다

고 생각했지만, 왼쪽 귀가 들리지 않아 불가능할 거라고 생각했다.

그런데 소년이 말한 게 바로 그거였다. 불가능한 것을 실현하는 것. 바로 불가능한 것을 되게 하는 것.

행복했다……. 갑자기 등대의 색이 붉은색으로 바뀌었다. 믿기 어려웠다.

나는 몹시 두려웠다. 소년일까, 아니면 몸통 소년? 두려움, 고통, 분노가 일었다.

강한 붉은빛이 내 얼굴을 비추었다. 나는 등대를 향해 달리기 시작했다.

하루는 태어나고

하루는 살고

마지막 날에는 죽어요

오늘은 당신이 사는 날이에요

등대에 도착했을 때 소년은 몸통 소년을 살리려고 애쓰고 있었다. 긴장을 하지도 통제력을 잃지도 않았다. 인공호흡을 하면서 작은 소리로 말을 걸었다.

몸통 소년은 눈을 감고 있었다. 내가 알았던 많은 사람이 평화롭게 죽어가던 모습처럼 미소를 지었다.

"이제 어머니가 올 거야, 걱정하지 마." 소년이 말했다.

처음에는 아버지, 이제는 어머니. 이름이 없던 사람들에게 이름을 붙여주었다.

몸통 소년은 '어머니'라는 말에 눈을 떴다.

"언젠가 어머니가 나를 찾으러 올 줄 알았어." 이어졌다 끊기는 목소리로 말했다.

무언가를 기다리는 것에 대해 이야기를 나누는 듯했다. 나는 그들의 말을 이해했고, 나도 내 어머니가 돌아오기를 바랐다. 누군가 어머니를 잃게 하는 일은 자연이 절대 저지르지 말아야 할 실수 중 하나다.

멀리서 헬리콥터 소리가 들렸다. 소년이 몸통 소년의 남은 팔을 꼭 붙잡았다.

"요 며칠 동안 네가 내게 가르쳐준 모든 것들은 내게 남아 있는 시간과 날들 동안 지속될 거야." 그에게 속삭였다. "너의 모든 삶, 너의 에너지, 네가 세상에 대처하는 방법이 자연의 한 법칙이라는 걸 알았으면 해. 너는 자연의 한 법칙이야. 그렇기 때문에 사람들은 너를 존중해야 하고 절대 의심해서는 안 돼."

내가 도착하기 전에 그들이 나눈 대화를 놓쳤다는 걸 알아챘다. 감정이 몹시 북받쳤다. 소년이 말을 이었다.

"그들은 아마도 팔과 다리가 있겠지. 하지만 네 영혼은 갖고 있지 않아. 절대로 네게서 영혼을 빼앗지 못해. 그들의 잘못과 이해력 부족으로 네가 겪은 일들을 내게 얘기해주었지. 그들은 자연의 법칙 앞에 무릎 꿇어야 해."

몸통 소년은 마지막으로 눈을 떴다. 절대적으로 자연의 한 법칙이었음을 보여주는 듯 미소 짓고는 천천히 눈을 감았다.

내 아버지 나이쯤 되어 보이는 어머니가 간호조무사 두 명, 간호사 한 명과 함께 도착했다. 우리의 작은 소우주가 갑자기 다른 사람들의 심장박동으로 가득했다.

그들은 서두른다. 문제와 냄새가 우리를 범람한다.

그들이 몸통 소년의 맥을 짚어보더니 "아직 살아 있어"라고 속삭이는 소리가 들렸다.

소년은 미친 사람 같았다. 그는 그들이 몸통 소년을 데려가는 걸 원치 않았다. 나는 어머니를 세 번 바라보았지만 그녀는 몸통 소년만 걱정하고 있었다. 내게 말 한마디 건네지 않았지만 그녀가 헬리콥터에 오르기 전 그녀의 따스함과 애정을 느낄 수 있었다.

그들은 서둘러 떠났고 강한 모래바람이 우리의 얼굴을 때렸다. 소년은 헬리콥터를 향해 소리 지르기 시작했다. 몸통 소년은 그 소리를 들을 수 없었다.

"너는 자연의 법칙이야! 절대 죽지 않고 이 세상에 머물 거야!"

소년은 소리 지를 때마다 흐느꼈다. 헬리콥터는 다른 섬을 향해 날아갔고, 우리의 세계는 한층 어두워졌다. 그 작은 몸이 우리 둘을 비추었다.

소년은 눈물을 닦고 아무 말 없이 몸통 소년의 방으로 향했다. 그 방은 이제 내 방이 될 것이다. 한 층 더 올라갔다. 꼭대기까지 도착하지 않기를 바랐다. 소년을 따라갔다. 그는 바닥에 앉았다.

잠시 후 그가 잠들었다는 걸 알아차렸다. 나는 그의 곁에 앉았다. 책임감을 느꼈다.

소년이 한마디 중얼거렸는데 알아듣지 못했다. 다시 중얼거렸고 이번에는 알아들었다.

"나는 오늘 죽지 않으니 걱정하지 말아요."

안심이 되었다. 소년은 현인이었다. 그가 그렇게 말했다면 그럴 것이다. 이틀 동안 이상한 일정을 보내고 나니 잠이 올 것 같지 않았지만 곧 잠들었다.

잠에서 깼을 때 소년이 나를 바라보고 있었다. 의도는 좋았지만 정성이 많이 들어가지는 않은 아침 식사가 내 앞에 놓여 있었다.

노골적이었다.

"한 시간 전에 죽었어요. 오늘 밤 그가 떠난 걸 축하할 거예요. 당신 세대가 곧 도착할 테니 준비를 시작해야 해요."

"난 할 수 없어." 그에게 대답했다.

"무엇을요?"

"누군가를 이끄는 것."

"여기서는 아무도 누군가를 이끌지 않아요. 단지 하나의 길을 제시하고, 다른 사람들은 자신에게 필요한 것을 하기 위해 결정을 하지요.

우리의 리더는, 생각을 잘못하면 분명 바른 길을 찾아갈 것이고 생각을 잘하면 훨씬 더 즐기게 될 거라고 늘 말하곤 했어요."

마치 신의 말씀 같았다. 그는 나를 설득하지 못했다.

"나는 여기 계속 머물고 싶지 않아. 그건 확실해."

"병원으로 돌아가고 싶어요? 아니면 그랜드호텔에서 죽기를 원해요? 돌아가면 뭐가 나아지나요?"

"이 섬을 떠나고 싶을 뿐이야. 더 이상은 안 되겠어." 나는 진지하게 말했다.

"오늘 밤에 일어난 일 때문에요?"

"모든 것 때문에. 네가 나를 공항에 데려다주기 싫다 해도 이해할 수 있어."

소년은 나를 뚫어지게 바라보고 머뭇거린 뒤 말했다.

"하루만 줘요, 당신의 짧은 인생 가운데 하루요. 여기서는 하루는 태어나고, 하루는 살고, 마지막 날에는 죽어요. 오늘은 당신이 사는 날이에요. 당신이 살도록 도와줄게요."

그를 바라보았다. 고작 열 살인데도 내가 자신에게 하루를 내줄 거라고 매우 확신하는 것 같았다. 왜 아니겠는가?

"좋아, 하지만 내 생각은 바뀌지 않을 거야."

"좋아요, 원하는 대로." 그 말에 다른 뜻은 없었다. "무엇을 할지 생각해봤나요?"

지금 내게 왜 그런 질문을 하는지 몰랐다. 그 섬에서는 모든 일이 빠르게 진행됐다. 그에게 뭐라고 대답할지 머뭇거렸다. 그에게 고백하는 것이, 큰 소리로 말하는 것이 쑥스러웠다.

"나 역시 놀이를 만들고 싶다고 말하기가 힘들었어요."

소년을 바라보며 상관없다고 생각했다. 그건 단지 실현하기 어려운 꿈일 뿐이었다.

"노래 부르기, 노래를 부르고 싶어."

"어떤 노래를요?"

"오페라."

소년은 웃지 않았고, 내 보청기에 대해서는 언급조차 하지 않았다.

"당신을 도와줄 수 있는 사람을 알아요. 가요!" 소년이 말했다.

그의 결단력이 마음에 들었다. 무슨 말을 하든 그는 나를 도와줄 수 있는 사람이 머릿속에 있는 것 같았다.

우리는 나선형 계단을 내려갔다. 다시는 거기로 돌아오지 않을 것 같은 느낌이 들었다.

그는 떠나기 전에 단봉낙타들을 씻겨주었다. 물이 낙타들을 간지럽힐 때마다 춤을 추는 것 같았다. 그 장면은 기이한 새벽을 행복으로 가득 채웠다.

그는 낙타들마다 입 맞춰주었고, 우리는 노란색 컨버터블을 타고 미지의 장소를 향해 떠났다.

갑자기 모래언덕 뒤에서 개가 나타났다. 개는 그날 밤에 일어날 일을 모두 알지만 직접 경험하고 싶지는 않은 것 같았다. 개는 출발하는 자동차에 올라탔다. 나는 처음으로 개를 쓰다듬었다.

이 여행은 내 인생을 바꿀 것이다. 그런 예감이 들었다.

슬픈 건,

죽는 게 아니라

강렬하게

살지 못하는 거죠

우리는 오랫동안 침묵을 지키며 달렸다. 소년에게 무언가 묻고 싶었다.

"몸통 소년은 언제 데려오지?"

소년은 웃었다. 그들이 그를 그렇게 부르지는 않았을 거라는 생각이 들었지만, 소년은 내 말을 지적하지 않았다.

"그들이 그를 화장해서 단봉낙타에 매달아 그가 원했던 곳을 마지막으로 한 바퀴 돌게 한 뒤 우리가 데리러 갈 때까지 보관해요."

내게 대답해주지 않을 것 같은 질문을 하기로 했다.

"넌 뭐가 문제지?"

"그게 뭐가 중요하죠? 당신이 괜찮을 때는 남의 문제에 마음이 쓰이나요?"

내가 사적인 영역의 문을 열었고, 소년이 그 기회를 이용할 거라는 생각이 들었다.

"부모님은 어떻게 돌아가셨죠?" 그가 물었다.

대답하기 힘들었다. 몸통 소년이 그 질문을 했을 때는 거짓말을 했었다.

이제 소년에게는 진실을 말해야 한다.

"몰라. 난 한 살 때 입양됐어."

"그럼 양부모님이었나요?"

"아니, 양아버지만 있었어. 작가였는데, 이미 돌아가셨어."

"고아인가요?"

"그분과 열한 살까지 함께 살았고, 병에 걸릴 때까지 이 집저집 옮겨 다녔지."

"이 가정 저 가정이요?"

"아니, 집에서 집으로." 내가 고쳐 말했다.

많은 질문에 답하는 건 힘들었지만 몸통 소년을 떠올리며 그래야 한다고 생각했다. 갑자기 소년이 웃었다.

"참 불쌍한 인생이네요." 소년이 말했다.

그를 바라보았고, 나도 웃을 수밖에 없었다. 그가 갑자기 예상치 못한 질문을 했다.

"그 작가가 당신을 성추행했나요?"

나는 고개를 저었다. 그러나 몹시 모욕적인 질문이었으므로 그것을 부인하기 위해 말을 더욱더 많이 해야 했다.

"그런 일은 한 번도 없었어. 좋은 분이었지. 내가 여섯 번째 입양아였어. 그는 우리에게 기회를 주고 싶어했다고 생각해."

"그럼 이복형제들이 있나요?"

"우리는 형제라고 생각하지 않았어." 대화 주제를 바꾸기로 했다.

"그럼 너는? 너희 부모님은 어떻게 돌아가셨지?"

소년은 미소를 지었다. 내가 그 질문을 할 거라고 예상했을 것이다.

"내 경우는 그보다 평범해요. 부모님은 교통사고로 돌아가셨어요…… 당신 부모님들처럼, 안 그런가요?"

나는 아무 말도 하지 않았다. 몸통 소년과 얘기를 나누었을 거라고 생각했다.

나는 그의 비난에 반박하지 않았다.

"힘들었겠네." 내가 말했다.

"그렇기도 하고 아니기도 하죠. 우리 부모님은 내가 많이 아프다는 걸 알았어요. 내가 그분들보다 먼저 죽을 거라는 생각에 힘들어하셨죠."

소년은 잠시 말을 멈추었다. 감정이 몹시 북받쳤다.

"난 항상 자식을 잃은 부모를 지칭하는 단어가 없다는 걸 증오했어요. 그 단어는 계속해서 '어머니'와 '아버지'예요. 그 지위는 절대 사라지지 않아요."

그의 작은 몸 전체에서 뿜어 나오는 감정을 목격했다.

"그러니까 당신과 나는 고아가 아니고 자녀들이에요."

"맞아."

그는 내가 자기 말을 빨리 이해해서 기분이 좋은 것 같았다. 가속페달을 밟더니 다시 말을 이었다.

"한편으로는 그분들이 나를 살리려고 애쓰지 않아도 된다는 게 기뻤어요. 결국 우리는 모두 죽어야 해요. 슬픈 건 죽는 게 아니라 강렬하게 살지 못하는 거죠. 우리가 스물일곱에 죽고 일흔둘에 장사를 지낸다고 말한 사람이 마크 트웨인일 거예요……."

소년이 한 말에 대해 생각해보았다. 대답을 해야 했다.

"하지만 우리가 건강할 수만 있다면……."

그는 웃으며 고개를 가로저었다. 별로 동의하지 않는 듯했다.

"아니요. 그건 죽음을 생각하지 않으려는 대다수의 사람들이 선호하는 변명일 뿐이에요. 그 말은 우리가 만들지도 않은 행동 방식을 요약하죠. 우리에게 그렇게 생각하라고 강요해요.

규정은 존재하지 않아요. 사람들이 자기 내면에 그렇게 정해놓은 것일 뿐이죠."

첫 번째 병실 룸메이트가 한 말과 매우 유사했다……. 다른 사람 입으로 그의 이론을 다시 들으니 좋았다.

"사회가 우리에 대해 뭐라고 말하는 줄 알아요?" 소년이 말을 이었다.

나를 쳐다보았다. 내가 자기 말을 듣고 있다는 걸 확인하기 위해 항상 대꾸해주기를 원했다.

"뭐라고 하는데?"

"약에 취해서 아무것도 하지 말고 성가시게 하지도 말고 병원에서 죽어야 한다고 말해요. 여기서 보내는 이 마지막 시간도 의미 없다고 하겠죠. 우리는 평범해야 해요. 무엇보다도 곧 죽을 테니 새로운 것을 배울 필요도 없다는 거죠……."

나는 아무 말도 하지 않았다.

"그들이 옳은가요? 아니라고 생각해요. 병원에서는 진정제를 맞지만 아무도 당신에게 죽음에 대해 말하지 않아요. 내가 무슨 생각을 하는 줄 알아요? 극장에서 대본대로 연기를 할 게 아니라 누군가의 죽음에 대한 장면을 생방송으로 보여주는 거예요. 그곳이 진실이 존재하는 곳이죠."

"관객이 많지 않겠군."

우리는 같이 웃었다. 소년은 계속했다.

"여기서 우리는 더 이상 버틸 수 없을 때까지 살지만 그건 선물과 같아요. 여기서 당신은 재건되고, 하나의 세계를 만들 거예요. 무엇보다 가장 좋은 건 아무도 당신을 괴

롭히지 않는다는 거죠. 누가 죽어가는 환자 가까이 있고 싶겠어요. 그들이 모르는 건, 그들 자신이야말로 건강하지 않은 사람들이라는 거예요."

소년의 말은 모두 옳았다. 나는 그의 신념이 얼마나 강한지 보기로 했다.

"네가 죽으면 잃게 될 것들이 그립지 않을까?"

나는 단도직입적으로 물었고, 그도 단도직입적으로 대답했다.

"무엇을 잃는데요?"

공이 내게로 넘어왔다. 그는 내가 무슨 말을 할지 알면서도 내 입으로 직접 말하기를 바라는 것 같았다.

"섹스?"

"난 섹스를 해봤어요!" 내게 대답했다.

소년의 미소에 나는 반신반의했다. 그가 섹스를 해봤다면 그에게 상처 주지 않도록 내 대답을 바꾸고 범위를 넓혔다.

"사랑하고, 자녀를 갖고, 다른 사람과 사는 건?"

"당신은 이 모든 것을 지금 갖고 있나요? 그것을 가져본 적이 있나요? 앞으로 가질 건가요? 그것들을 그리워할 건가요?"

나는 대답하지 않았다.

"그리고 아프리카에서 사는 것은 그립지 않나요? 색소폰 부는 건? 애인을 잃는 건? 허공으로 뛰는 건? 가본 적도 없고 앞으로도 가보지 못할 장소에서 어떻게 발음하는지도 모르는 이국적인 음식을 먹는 건? 그런 건 그리워하게 되지 않을까요?

사랑과 섹스가 전부는 아니에요.

섹스는 단지 가장 즐거운 놀이이면서 가장 간단한 놀이지요. 그러나 규범이 너무 많아서 이제 참여하기도 거의 불가능한 성행위가 되었어요. 그것을 상관도 없는 다른 놀이들과 연관시키는 바람에 복잡해졌어요. 많은 사람이 자기 모습이 섹시하지 않다고 말하게 만들었지요.

다른 사람에게 해주는 섹스는 실제로 자기 자신이 원하는 거예요. 게다가 섹스와 사랑은 부모님으로부터 물려받는 것인데, 그 사랑으로 그들과 그 선조들이 잉태되었죠.

그러니 섹스와 사랑은 미끼일 뿐이에요. 당신은 그것들을 통해 인생을 건설할 수는 없어요. 그것들에 서사시적인 요소를 부여하는 것이 섹스와 사랑을 거짓으로 변화시키지요.

얼마나 많은 사람이 쾌락의 노예일까요? 최고의 쾌락은

그 어느 누구의 노예도 아닐 때 느낄 수 있어요."

이 말이 너무 좋았다. 열 살짜리 소년의 입에서 나온 말
이라 더 좋았다.

그가 라디오를 틀었다. 엘비스 프레슬리의 〈*Always on
my Mind*〉가 들렸다

You were always on my mind,
You were always on my mind
당신은 언제나 내 마음속에 있어요

이 노래의 가사는 나를 매료시켰다. 아직도 사랑하고
있는 누군가를 잃은 아픔을 노래하는 가사였다.

라디오가 마치 우리 대화를 엿들은 것 같았다. 이 노래
를 들을 때마다, 언젠가 이 노래를 불러줄 수 있을 만큼
누군가를 미치도록 사랑해보지 못한 것에 대한 안타까움
같은 것을 느꼈다.

엘비스 프레슬리는 이 노래를 멋지게 불렀지만 항상 교
만하게 변명하는 것 같았다. 그녀를 그토록 그리워하는
것 같지는 않았다.

"이 라디오에서는 항상 죽은 가수들의 노래가 나와요."

소년이 웃으며 말했다.

나는 양아버지 덕분에 엘비스 프레슬리를 알게 됐다. 그는 글을 쓸 때면 항상 엘비스 프레슬리의 같은 노래를 여러 번 들었다. 항상 반복되는 동일한 테마. 그러면 도시의 소리를 차단할 수 있다고 했다. 우리가 절벽 위의 집으로 이사 가기 전이었다.

아버지는 항상 엄격한 시간표에 따라 글을 썼다. 매일 오후에 일곱 시간. 그 시간에는 그를 방해해서는 안 되었다. 엘비스가 그와 동행했던 시간이다.

그에게 엘비스 프레슬리의 CD를 선물한 적이 있다. 거기에는 그가 단편소설을 쓸 때 틀었던 노래가 들어 있었다. 그 단편집은 잘 팔리지 않았고, 난 항상 그게 내 책임 같았다. 어떤 노래를 틀었는지는 기억나지 않지만 모든 노래들이 약간 비슷했고, 엘비스가 노래를 해석하는 방식이 유일하게 가치 있었다.

아버지가 그리웠다. 그는 늘 나에게 잘해주었다. 아직도 소년이 한 말에 가슴이 아팠다. 무언가 숨기고 있는 것 같아서 다시 그를 나무라지는 않았다.

병원에 있을 때, 학대당했던 한 소년이 있었다. 열다섯 살이었고 병원에 들어왔을 때부터 그에게는 이상한 점이 있었다. 일반적으로, 입원하면 환자복으로 갈아입는 데 하루가 걸린다. 집에서 입던 옷을 병실에서 입고 있으면 병원에서 지내는 것이 집에 있는 것과 비슷하다고 느낀다. 환자복을 입는 순간 자기 자신의 일부를 제거하게 된다. 그러나 그는 마치 자신의 과거로부터 벗어나고 싶은 듯 도착하자마자 환자복으로 갈아입었다.

그는 거의 3년 동안 입원해 있었다.

우리는 5개월 만에 절친한 사이가 되었다. 병원에서 보낸 그 특별한 밤들 중 하루는 그가 내게 이런 말을 했다. 성폭행을 당했고, 병원에 입원하자 그 모든 것이 멈추었다고.

몹시 안심되는 눈치였다……. 성추행 때문에 병을 얻었는데 병이 고통의 해결책이 되다니 놀랍다고 생각했다. 하나의 큰 문제가 다른 큰 문제를 해결했다.

소년은 가는 동안 아무 말도 하지 않았다.

섬의 가장 북쪽에 있는 한 집에 도착했다.

아름다운 곳이었다. 우리가 머무는 지역과는 완전히 달랐다. 식물들과 그 장소를 둘러싼 아름다운 선인장이 가득했다.

우리가 도착한 집은 마치 성 같았다. 그 섬은 어디를 가

느냐에 따라 완전히 달랐다.

작가였던 내 아버지가 가끔 하던 말이 생각났다. 그는 인생 최고의 장면과 순간은 영혼이라는 내면의 망막에 영원히 남는다고 했다.

그 장면을 보면서 내면의 망막에, 내 영혼이 기억하기 위해 한 장면을 막 저장했다는 것을 깨달았다.

"여기 누가 사는데?" 내가 물었다.

우리가 누구를 만나러 왔는지를 먼저 물었어야 했다. 그러나 뭐가 중요한가. 두세 시간 전에 그와 약속했으니 나를 어디로 데려가든 받아들여야 했다.

"여기 사는 이는…… 당신이 필요로 하는 사람."

이 세상은 결코

해답을 주지 못해

해답은 네 안에 있다는 걸

발견하게 될 거야

중년의 임신한 여인이 문을 열어주었다. 그녀는 소년의 볼에 입을 맞추고 잠시 후 내게도 입맞춤을 해주었다. 그러고는 개를 몹시 예뻐해주었다.

"네가 노래를 부르고 싶다고 했니?" 내게 물었다.

어떻게 알았지? 소년이 누군가에게 전화하는 건 보지 못했다. 하긴 거기는 통화도 되지 않을 것이다.

"이름이 뭐지?"

질문이 쌓여갔다.

"아직 이름을 고르지 않았어요."

"네가 새로운 세대를 시작하니?"

나는 대답하지 않았다. 그 질문에 대한 내 생각을 되풀이해서 말하고 싶지 않았다.

"나는 좋은 놀이 하나를 생각할 거예요. 얘기들 나누세요." 소년이 말했다.

소년은 개와 함께 떠났고 나는 그녀와 남았다. 그녀는 나를 테라스로 데려갔다. 꽃과 과일나무들이 있는 멋진 채소밭이었다. 인상적인 곳이었다. 맨 끝에 우리 집이 보였다.

그녀는 그 장소에 대해, 그리고 그곳을 어떻게 찾았는지에 대해 얘기했다. 나는 그녀의 말을 귀담아 듣지 않았다.

우리 집을 다른 관점에서 보는 것에 나는 매우 감동했다.

그녀는 임신한 지 여러 달이 된 듯했지만 몸이 매우 가벼웠다.

테라스의 큰 테이블에 나를 앉게 하고 피스코 사워라는 음료를 내주었다. 그런 음료는 여태껏 마셔본 적이 없었다.

"시간 내주셔서 감사하지만 그만 가보려고요." 그녀에게 말했다.

그녀는 내 결정에는 별로 관심이 없는 듯했다.

"노래 부르고 싶지 않니?"

"모르겠어요. 그저 생각해본 것뿐이에요."

"좋아, 내가 가르쳐줄 수 있어."

"난 시간이 많지 않아요. 게다가 복잡할 것 같아요."

"최고가 될 필요는 없잖아, 그렇지 않니?"

"제 말은……."

그녀가 내 말을 막았다.

"아마 우리가 평생을 산다 해도 노래를 잘하게 되지는 못할 거야. 내 아들이 뭐라고 했는지 아니? '너 자신의 혼돈을 사랑하라.'"

"너 자신의 혼돈을 사랑하라?"

그녀는 피스코를 한 모금 마셨다.

"그래, 나도 처음에는 그 말을 이해하지 못했어. 무슨 뜻인지 몰랐지. 그 이후 그 애가 열다섯 살 때 죽었어. 그리고 나는 그 애가 내게 설명하고자 했던 것을 이해하는 데 5년이 걸렸지."

나는 이해가 되지 않았으나 말하지는 않았다. 그녀는 말을 이었다.

"그 애는 자기가 떠난 뒤에 내가 힘들어할 것을 알았어. '너의 혼돈을 사랑하라'라는 말이 나를 도와주었어. 내 혼돈을 사랑했지."

그녀는 미소를 지었다. 슬퍼 보이지는 않았다.

"거의 항상 춤을 추었어. 병원에서 춤을 가장 많이 추는 엄마와 아들이었지. 우리는 부끄러워하지 않았고 기쁨이 넘쳐흘렀지.

때때로 우리는 몇 시간씩 탱고와 볼레로를 췄어.

내 남편은 절대 춤을 추지 않았어. 자기 아들과 함께 춤을 추지 않는다면 뭘 잃게 될지 모르지. 그건 자기 안에 그 아이를 다시 품는 거나 마찬가지야. 어떻게 설명해야 할지 모르겠네. 이제 곧 태어날 이 아이와 춤을 출 거야. 아직 배 속에 있지만 정말 함께 춤을 추는 것 같아……."

그녀는 내게 피스코를 더 따라주었다.

"사람들은 자기에게 어울리지 않는다고 생각하기 때문에 많은 것을 잃어. 하지만 네가 역할을 생각하지 않고 한계에 이를 때까지 놀면 모든 게 나아지지. 이 세상은 한계를 두고 네가 따르길 원해. 얀은 항상 자기 혼돈을 사랑했고 어떤 한계도 두지 않았어."

그녀는 잠시 쉬었다. 그의 이름을 언급하니 흔들리는 듯했지만 곧 리듬을 다시 되찾았다.

"얀은 춤을 잘 췄어. 함께 춤출 때는 우리가 만든 혼돈을 사랑했지."

나는 그녀의 말을 이해하지 못했고, 그녀도 그걸 눈치챘다. 잠시 쉰 다음 말을 이으며 내게 잘 설명해보려 했다.

"'너의 혼돈을 사랑하라'는 너를 다르게 만드는 것, 사람들이 너에 대해 이해하지 못하는 것, 네가 그들이 바뀌길 원하는 것을 말해.

'너의 혼돈을 사랑하라'는 얀이 항상 자신의 삶과 함께한 것이고, 그 애가 나의 삶과 함께하기를 원했던 거야. 그 애는 자신이 떠나면 내가 무너지리라는 걸 알았지만, 내가 이 세상을 떠나지 않고 자신이 만든 그 혼돈을 사랑하기를 원했어.

세상은 항상 네가 너의 혼돈을 바꾸고 그것을 지배하고 수정하고 명령하거나 축소하기를 원해. 실제로 너는 그것을 사랑해야 하고, 그뿐 아니라 사랑한 다음에 그것을 확장시켜야 해. 각자의 삶이 자신의 혼돈이지.

누군가가 그의 말을 이해하지 못하더라도 그는 상관하지 않고 늘 대답했어. '내 혼돈을 사랑하세요'라고. 그리고 자신이 다른 사람을 이해하지 못하면 스스로에게 중얼거렸어. '나는 당신의 혼돈을 사랑해요, 그러나 멀리서, 나로부터 아주 멀리서……'

그는 날마다 우리가 우리의 혼돈을 사랑한다는 사실을 세상 사람들이 알 수 있도록 거대한 푸른색 광고풍선을 쏘아 올려야 한다고 생각했지. '혼돈을 받아들인다는 걸 공유해야 해.' 그는 언젠가 잠에서 깨어 푸른색 광고풍선으로 가득한 하늘을 보면 아름다우면서도 혼돈스러울 거라고 생각했어."

그녀가 가까이 다가와 내 눈을 바라보았다. 내게 무언가 중요한 것을 설명하려고 했다.

"혼돈은 판단이나 도덕이 없는 인격이야. 만일 너의 혼돈을 사랑한다면 이 세상은 결코 해답을 주지 못해. 해답은 네 안에 있다는 걸 발견하게 될 거야."

그러고는 내 얼굴을 어루만졌다.

"행복이 존재하는 게 아니라 행복한 매일이 존재할 뿐이야. 이를 위해 너의 혼돈을 사랑하는 게 중요해."

그녀는 잠시 말을 멈췄다. 나는 무언가를 해야 했기에 피스코를 남김없이 마셔버렸다. 그녀의 말에 열중했고, 그에 동화되었는지는 모르겠지만 그 말은 내 마음속 깊은 곳을 건드렸다.

"꼭 가야 한다면 가보렴."

그녀가 미소 지으며 말했다.

"만일 네가 가야 하는 이유가 사람들이 네게 그러라고 가르쳐주었기 때문이라면 가지 마."

나는 가지 않았다.

"특별히 좋아하는 오페라의 아리아가 있니?"

나는 주저했다. 그녀가 감동할 만한 곡을 말하고 싶었다.

"〈아름다운 밤〉, 〈호프만의 이야기〉 중 뱃노래요."

그녀는 안으로 들어가 거실 한쪽 벽에 수집해놓은 레코드 가운데 하나를 꺼냈다. 내가 그 집에 도착했을 때는 눈여겨보지 않았었다. 놀라운 레코드판 수집품이었다.

나무로 된 멋진 축음기에 레코드를 올려놓자 〈아름다운 밤〉이 울려 퍼지기 시작했다.

이미 신비로운 장소가 또 다른 아름다움으로 가득했다. 음악이 함께하면 그 경치가 세 배는 아름다워진다고 나는 늘 생각했다.

그녀가 함께 노래를 부르자고 할 줄 알았는데 그러지 않았다. 내 손을 잡고 그 거대한 테라스에서 나와 함께 춤을 추기 시작했다. 내가 얀이 된 것 같았다. 겸허하게, 그렇게 얀이라고 받아들였다.

그녀가 나를 이끌었다. 나는 춤을 잘 추지 못했으므로 나를 이끌게 내버려두었다. 비록 내 혼돈이 춤을 못 추는 거였지만 나는 내 혼돈을 사랑했다. 근사한 몇 분이었다.

레코드가 가르랑거렸다. 그 소리는 우리를 마법으로 가득 채웠고, 그녀와 나는 춤을 추었다.

나는 평화로움을 느꼈다. 5분의 강렬한 순간이었다. 우리는 단 1초도 춤을 멈추지 않았다. 서로 떨어져 시작해 이끌리고 이끌고, 마지막으로 라르고를 추었다. 그녀의 배 속 태아가 어느 순간 우리와 하나가 된 듯했다. 그녀의 배에서 작은 발차기를 목격했다.

춤을 다 추고 나자 그녀는 행복해서 눈물을 흘렸다. 춤을 춘 지 오래되어서인지 아니면 얀이 생각나서인지 잘 모르겠다.

"내일 오렴. 네가 상상도 못할 만큼 노래를 부르게 될 거야. 얀의 친구들은 얀을 야니라고 불렀어." 그녀가 말했다.

대수롭지 않은 그 세세한 내용에 감동했다. 거실에 들어가 내 아버지가 그랬던 것처럼 그 노래를 다시 틀었다. 주제곡이 다시 울렸다. 이번에는 내가 그녀를 이끌었고, 춤을 추는 동안 얀의 혼돈에 대해 계속해서 들려달라고 청했다.

그녀가 그 소년과 그의 혼돈에 대해 발음할 때마다 그의 에너지와 힘이 내게 깊이 스며드는 것을 느꼈다.

우리를 유일하게 만드는 우리의 혼돈을 억누르는 대신 사랑해야 한다는 걸 깨달았다.

그녀는 에너지를 발산했고, 마치 배 속의 아기를 직접 안고 있는 것 같았다. 그 둘이 완전한 빛이어서 나를 빛나게 해주는 것 같았다.

주제곡을 몇 번이나 더 틀었는지 모르지만, 나는 우리의 모든 존재가 춤을 추기 위해 설계되었음을 깨달았다. 걷거나 뛰기 위해서가 아니고, 일하고 논쟁하고 고통을 겪거나 생각하기 위해서는 더더욱 아니다.

갑자기 또렷해졌다.

생각하면서 문제가 생기고, 춤을 추면서 문제가 해결된다는 것을.

맑은

날에는

자신의 영혼을

볼 수 있어야 한다

그 집을 나섰을 때 소년은 개와 놀고 있었다. 서로 물고 뜯고 난리였다. 내가 인사를 건네자 둘은 나를 향해 달려왔다. 날이 어두워지고 있었다. 이곳에 거의 다다랐을 때 그랬던 것처럼 돌아가는 길에도 차 안에서 말이 없었다.

몸통 소년을 위해 열어줄 파티를 생각했고, 그에 대해 기억하는 것을 처음으로 말하고 싶었다.

거의 반쯤 왔을 때 소년이 동쪽으로 방향을 틀었다. 내게 무언가를 가르쳐주고 싶은 듯했다. 거기에는 단봉낙타들만 있었고, 바람이 세게 불어 도로에서는 아무것도 보이지 않았다.

우리는 거대한 절벽에 도착했다. 아름답지만 버려진 곳이었다. 화산이나 식물도 없고 바다를 빼고는 사방에 모래뿐이었다. 우리는 차에서 내렸고, 소년은 개에게 내리지 말라고 속삭였다. 개는 그 말에 따랐다. 절벽 끝까지 갔다. 소년은 지평선을 바라보았다. 무언가 중요한 말을 할 것 같았다.

"맑은 날에는 (그는 잠시 멈추었다가 말했다) 자신의 영혼을 볼 수 있어요."

나는 섬 지역을 여행할 때 듣게 되는 비슷한 안내 구절이 생각나서 웃었다. 바람이 점점 더 거세게 불었다.

소년은 차로 가서 책 한 권을 가져왔다. 두껍지도 크지도 않은 문고본이었다.

"당신 세대 사람들이 당신에게 뭔가 해달라고 요구할 때 필요할 거예요. 여기 우리를 도와주는 사람들의 주소가 있어요."

나는 책을 펴보지 않았다. 아직은 그럴 때가 아니었다. 아직은 어느 누구의 리더도 아닌 견습생에 지나지 않았다.

"왜 우리를 도와주지?"

내가 물었다.

"'상실.' 사람이 자리를 잃으면 어떤 입장과 어떤 보편적인 행동에 놓이게 되죠. 이 섬은 세계와 같아요. 우리는 사는 걸 배우기 위해서가 아니라 죽는 걸 배우려고 만들어졌어요."

그가 대답했다.

나는 미소 지으며 여자를 떠올렸다.

"아니면 춤을 추려고."

이번에는 소년이 미소를 지었다.

"춤을 잘 추지요, 그렇죠? 당신의 길을 찾도록 도와주었어요."

바람이 더 강하게 불기 시작했다. 우리 등 뒤에서 불어와 낭떠러지로 향했다. 힘주어 버티지 않으면 우리를 절벽까지 가차 없이 밀어붙일 것이다.

소년의 얼굴은 빛났지만, 그때까지 그에게서 한 번도 본 적 없는 피로가 얼굴에 역력했다.

"항상 당신이 하나의 답에 다가가면 우주는 그 질문을 잊어버리게 하려고 당신에게 놀자고 하지요."

소년이 차를 향해 갔다. 지친 듯했다. 하지만 나는 무엇을 해야 할지 알았다. 그에게 놀이를 하자고 제안했다. 바람이 우리를 절벽으로 떨어뜨리지 못하게 버티는 놀이를 하자고.

곧바로 시작했다. 바람이 강하게 으르렁거렸다. 대화를 나누려면 소리를 질러야 했다. 우리는 웃기 시작했고, 그와 동시에 내가 하고 싶었던 대화를 시작하기로 했다.

태양이 멀리서 지고 있었다. 놀이가 완벽하도록 모든 자연이 동맹을 맺었다.

바람이 정말로 나를 죽음으로 몰아가지 않도록 애쓰면서 말하기 시작했다. 우리 등 뒤에 있는 바다는 평온하지 않았고, 돌출된 바위들은 피하기 어려웠다.

"하지만 우리가 죽기 위해, 우리의 죽음을 이해하기 위해 만들어졌다면 우리 모두가 실패작인 걸까?" 비명에 가까운 소리를 지르며 물었다.

소년 역시 소리 지르며 대답했다.

"당신에게 가장 중요한 순간을 말해봐요. 당신을 어떤 유형의 사람으로 변화시킨 모든 순간, 당신에게 의미 있는 것은 죽음 또는 죽음을 받아들이는 것과 관련 있다고 확신해요."

바람이 우리를 더욱 거세게 밀어붙였다. 소년이 말을 이었다.

"매 1분이 하나의 선물이라는 걸 더 빨리 이해할수록 보다 일찍 삶을 살기 시작해요. 그런데 그걸 생명의 코드가 아닌 죽음의 코드로 이해해야 해요."

더 크게 소리 지르며 대답했다.

"어떻게? 난 모르겠어."

"뚱뚱한 사람들을 생각해봐요."

"뚱뚱한 사람들?"

내가 소리쳤다.

그의 말을 제대로 이해했는지 확신이 없었다.

"뚱뚱한 사람은 석 달 만에 뱃살을 빼서 날씬해지고 싶어하지만, 그 배를 갖기까지 14년에서 30년이 걸렸어요.

항상 당신에게 사는 것만을 가르쳐왔다면 2분만에 죽음을 이해하는 건 불가능해요.

우리는 살점으로 만들어졌지만 마치 철로 만들어진 것처럼 행동해요. 그게 문제죠. 그런데 사람들은 그 반대여야 한다는 걸 잊어버려요. 용감한 사람들은 전에는 겁쟁이였어요. 만일 당신이 보잘것없는 겁쟁이였다면 위대하고 용감한 사람이 될 수 있어요.

우리 엄마는 항상 내가 '인디고 어린아이'였다고 말하곤 했어요."

"인디고?"

내가 의아해하며 물었다. 처음 들어보는 단어였기 때문이다.

"인디고는 푸른색 색조예요."

소년은 미소를 띠며 말했다.

"우리 엄마는 이 세상에 푸른색 영혼을 가진 사람들이 존재한다고 믿었어요. 그들은 이상할 정도로 지혜롭고 감수성이 풍부하지요. 그들은 세상을 바꿀 수도 있어요. 매년 그 인디고 어린이들 중 한 명이 태어나요. 나는 인디고 아이가 아니란 걸 알지만, 그런 아이들이 있다는 생각만 해도 좋아요."

왜 내게 그 이야기를 하는지 몰라도 그의 진실임은 알 수 있었다. 그는 미소 지었다. 나도 그와 함께 미소 지었지만 바람은 나를 낭떠러지 끝으로 더 세게 밀고 갔다. 나는 지쳤다. 소년이 내게 설명한 것의 본질은 이해했지만 핵심은 이해하지 못했다.

우리는 놀이를 계속했다. 우리가 더 이상 버틸 수 없게 되자 그가 온 힘을 다해 소리쳤다.

"난 오늘 떠날 거예요. 내일 당신 세대 사람들이 도착할 거고, 잘 해낼 거라고 믿어요."

이번에는 사실이라는 걸 알았다……. 강해져야 한다는 걸 알았다……. 그가 죽을 것임을 알았다.

내가 왜 그 사실을 알았는지 모르겠지만, 마지막으로 거세게 불어온 바람이 그를 거의 밀어 떨어뜨릴 뻔해서 내가 그를 붙잡아 다시 살려냈다. 그는 미소 지었고, 그의 표정에서 그의 삶이 꺼져가는 걸 보았다.

"당신 세대가 없으면 당신은 빨리 꺼져가요." 내게 속삭였다. "그들이 당신의 힘이고, 당신이 그들에게 한 약속이 당신 자신에게 힘을 주는 원동력이지요. 바람이 약속들을 쓸어간다는 걸 기억하고 바람이 불어오는 것을 늘 피해야 해요……."

그에게 시간이 얼마 남지 않았음을 감지했다. 그를 차로
데려간 뒤 내가 운전을 했다. 개는 가는 내내 그를 핥았
다. 우리가 그를 잃어가고 있다는 것을 느꼈다.

나는 누군가가

죽어가는 모습을 지켜보며

그들의 죽음에서

배우고 있었다

우리가 건물에 도착했을 때 (나는 그 장소를 '집'이라고 부르게 되리라고는 상상도 못했다) 소년은 이미 매우 약해져 있었다.

그를 등대에서 쉬게 했다. 개는 그의 곁에 있었다. 그는 내게 몸통 소년의 이별을 준비해달라고 부탁했다. 나는 그렇게 했다. 단봉낙타에 그의 뼛가루가 있었다.

나는 조심스럽게 이틀 전에 본 대로 재현하려고 노력했다. 그들의 전통을 따르게 하기 위해 나를 이전 세대와 함께 지내도록 했다는 걸 깨달았다. 그래야 그들의 구성원을 이해하고, 그전에는 어떻게 했는지 알 수 있으며, 마지막을 준비해줄 수 있기 때문이었다.

모든 것이 준비되자 그를 안아서 작은 만으로 데려가려 했다. 그는 거절했다. 그러고는 천천히 걸었다. 급할 건 조금도 없었다. 자신과 같은 속도로 가는 개에게 기대어 갔다.

우리는 저녁을 먹었다. 이번에는 침묵 속에서 먹기만 하지 않았다. 공동의 장소, 유아기, 축구에 대해 이야기를 나누었다. 그런 대화가 필요하다고 생각했다.

몸통 소년의 유골을 나누는 순간이 왔다. 소년이 처음으로 말을 꺼냈다. 말 한 마디 한 마디에 감격했다.

"나는 너의 모든 존재를 지킬 거야. 나는 너를 분해하지 않고, 그 어느 누구도 네게서 아무것도 요구하지 않기를 바라. 세상이 네게서 다른 부분들을 빼앗았고, 나는 너였던 모든 것, 모든 의미에서 완전한 한 사람을 지킬 거야."

그는 울었고, 나도 같이 울었다.

나는 더 이상 말하지 않았다. 그럴 자격이 없다고 생각했다. 소년은 내게 간헐천에다 재를 뿌리라고 했다. 몸통 소년은 다른 사람들보다 더 높이 올라갔고 하늘 전체를 완벽하게 밝혔다.

"당신은 당신 세대 사람들과 이별하는 방법을 찾아요." 소년이 덧붙였다.

우리는 바다를 바라보고 앉았다. 개는 그의 곁을 떠나지 않았다. 내가 그 장소에 동화된 듯 느껴지기 시작했다.

게다가 소년이 죽어가는 동안 나는 더 강해지고 있었다.

"사람들은 인생을 너무 복잡하게 해요……. 항상 더 많이, 더 많이 원해요." 소년이 말했다.

그리고 우리는 말없이 한 시간을 더 있었다. 갑자기 단봉낙타 한 마리가 마치 죽음을 예견이라도 한 듯 소년 가까이 다가왔다. 낙타는 그의 귀를 핥고 그와 개 옆에서 기지개를 켰다. 잠시 후에 두 번째 단봉낙타가 다가와 똑같이 했다. 소름이 돋을 만큼 감동적이었고 가슴이 아팠다.

"그들은 우리보다 오래 살고, 항상 우리가 사라지는 냄새를 맡아요."

그는 한 시간을 더 말없이 있었다. 그가 꺼져가는 것이 보였다. 질문을 해야 했다.

"등대를 켤까?" 내가 물었다.

그는 시냇물 흐르는 소리를 내며 웃었다. 자리에서 일어나 휘파람을 불며 춤을 추기 시작했다. 비지스의 〈Stayin' Alive〉에 나오는 한 장면 같았다. 너무 우스웠다······.

나도 소년에게 합세했다. 우리는 휘파람을 불어대며 〈Stayin' Alive〉 춤을 추기 시작했다. 그게 우리가 거기서 한 일이었다.

그는 위대한 댄서였다. 다른 혁명가들처럼. 우리는 많이 웃었다.

어느 순간 그가 균형을 잃자 내가 지탱해주며 같이 춤을 추었다. 그 여자가 옳았다. 우리는 우리가 소중히 여기는 사람들과 춤을 추지 않아서 많은 것을 잃는다······.

"나는 그랜드호텔에 가고 싶지 않아요. 밧줄 놀이만 하고 싶어요······." 잠시 멈추었다. "게임에 져서 물과 함께 춤추는 것."

나는 그것이 무엇을 의미하는지 알았고, 몇 시간 전부터 그것을 두려워하고 있었다. 그가 가진 삶의 방식대로 놀면서 죽고 싶어한다는 생각이 들었던 것이다. 개도 그 사실을 알고 있었다고 생각한다.

나는 거절하지 않았다. 그를 이해했고, 그의 혼돈을 사랑했다.

우리는 절벽으로 갔다. 밧줄을 잡고 게임을 하기 시작했다. 그의 힘이 어디서 나오는지 알 수 없었다. 그를 바라보면서 요 며칠 동안 내게 말해준 모든 것을 이해했다.

나는 누군가가 죽어가는 모습을 지켜보며 그들의 죽음에서 배우고 있었다.

그에게 그 말을 하지는 않았다. 명백했다. 그러나 나는 그가 알지 못하는 것을 털어놓았다.

"내일이 내 생일이야." 그가 모든 정신력을 집중해 안간힘을 쓰는 동안 나는 고백했다.

"열여덟 살이 되나요?"

"응."

소년이 미소 지었다.

"아마도 지역을 바꿀 수 있을 거예요."

무슨 뜻인지 알 수 없었다.

"이 섬에는 네 구역이 있는데 나이에 따라 나뉘어 있어요. 여기에는 열일곱 살까지 죽게 될 사람들이 있죠. 책에 다른 나이대 사람들이 있는 장소가 나와요. 열여덟 살부터 서른여섯 살을 위한 지역으로 가길 원하면 바꿀 수 있어요."

혼돈으로 가득해 보이던 그 장소가 잘 조직되어 있다는 게 놀라웠다. 혼돈의 질서.

"당신이 오늘 만난 임신한 여인이 서른일곱에서 쉰넷까지 세대의 마지막이에요. 내일 그녀와 교대할 사람이 도착할 거예요. 때로는 계승자를 찾는 데 시간이 걸리죠……."

"그녀가 죽는다고?" 나는 놀랐다. "우리를 도와주는 사람이라고 생각했는데……."

"내가 준 책에는 섬에 있는 사람들, 그들이 하는 일과 우리를 어떻게 도와주는지에 대해 나와 있어요. 그러나 우리 모두 여기에 죽으러 와요……. 그게 인생이지요……. 모든 게 하나의 놀이이고, 세상은 존재하는 가장 큰 놀이마당이에요. 아무도 우리가 성장하도록 가르치지 않아요. 아마도 우리는 성장해서는 안 되나봐요." 그가 말했다.

그의 말이 옳았다. 우리는 놀이를 계속했다. 그는 떨어지려고 싸웠고, 놀면서 죽으려고 안간힘을 다했다. 그때 나는 그를 더 오래 머물게 하기 위해 싸워서는 안 된다고 결심했다.

그가 떠나게 해주었다. 그리고 나는 그를 잃었다. 그리고 개는 무리에서 동료 하나를 잃은 이리처럼 울부짖었다. 그가 예언한 대로 그의 죽음이 내게 삶을 주기 위해 필요했다는 걸 느꼈다.

고통을 겪는 게 아니라

고통을 이해하는 것이다

단지

사는 것이다

소년이 예언한 대로 그는 죽고 나는 다시 살아났다.

그를 잃자마자 내가 죽어 있었다는 걸 깨달았다. 이제 내가 살았음을 느꼈고, 삶에 대해 걱정하는 것이 죽음에 대한 걱정만큼 강렬하지 않다는 걸 이해했다. 죽음은 우리에게 무엇이 중요한지 의식하게 하고, 생명을 흐르게 한다. 우리를 열광시키는 모든 것들을 싹 틔운다.

나는 만일 우리가 '죽음을 이해하며 산다'고 개념을 바꾸면 모든 것이 바뀔 거라고 이해했다. 인생에 의미가 있어야 한다고 믿게 하기 위해 우리에게 부과한 모든 문제와 일상을 잊게 되기 때문이다.

나는 강하고 유일한 존재이며 리더의 힘을 갖고 있다고 느꼈다. 그리고 매우 짧지만 내 남은 인생을 즐기는 데 대한 두려움이 사라졌다.

바로 그 순간 통증이 온몸을 휘젓는다. 심하게 상처받은 내 몸이 그 깨달음에 참여하고 싶어하는 듯이.

나의 세대를 만들어야겠다. 도착하는 사람들에게 애정을 표하고, 이름과 삶의 방식을 제시해야 한다.

깊이 호흡하고 그들이 도착하면 다른 사람이 되어 있어야 한다. 그러기 위해 방향을 설정해야 한다.

나는 등대로 돌아왔다. 반 고흐는 오려 하지 않았다. 나는 처음으로 맨 꼭대기까지 올라갔다. 소년의 집. 거기서는 모든 것이 다르게 보였다. 그의 침대 크기를 보니 그의 위대함이 더 크게 느껴졌다. 생명을 살리는 그 거대한 빛을 등지고 앉아 글을 쓰기 시작했다.

그리고 며칠 동안 내게 일어난 모든 것을 자세히 쓰는 동안, 내가 배운 것을 앞으로 이곳에 올 세대들에게만 가르쳐줄 게 아니라 온 세상에 알려주어야 한다는 걸 깨달았다.

나는 죽어가고 있었지만 깨달았다. 자신이 하고 싶지 않은 것을 억지로 하거나 자신이 원치 않는 사람이 되고 나서야, 정말로 자신이 누구이고 이 세상으로부터 무엇을 원하는지 알게 된다는 것을.

나는 그 십계판 또는 그 캔버스에, 파괴되거나 수용되거나 단지 무시될 수도 있는 이삼십 개의 규칙을 쓰기로 결심했다.

나는 다가올 세대의 리더뿐 아니라 앞으로 여기 올 모든 세대들을 바꾸려고 노력할 것이 분명하다.

그리고 그 모든 것들은 죽음이 내게 용기를 준 덕분이다. 나는 삶이 우리를 겁쟁이로 만든다는 것을 발견한 또한 사람이다.

온몸이 아프다. 나의 종말이 다가오고 있다는 것을 모든 가능한 방식을 통해 내게 경고하고 있다.

그러나 그 순간이 오면 소년처럼 대처하고, 내 세대와 함께 그 섬에서 죽을 것이다. 첫 번째나 두 번째나 세 번째가 아니길 바랄 뿐. 그들의 리더처럼 마지막까지 견디려고 노력할 것이다.

갑자기 나의 첫 번째 규칙이 무엇이 될지 떠올랐다.

"당신에게 가르쳐준 모든 규칙을 잊어라."

두 번째 규칙은 이것이다.

"당신 자신의 세계를 창조하고, 당신 자신의 말을 정의하라."

나는 모든 것이 한 문장으로 요약된다는 걸 깨달았다.

"너의 혼돈을 사랑하라."

그것으로 충분하다.

소년의 죽음이 내게 큰 힘을 준 덕분에, 내 삶을 통제하고 이 세상을 위한 새로운 규칙을 만들어낼 능력이 내 안에 있음을 느꼈다.

금지 사항을 절대 갖지 않을 규칙. 금지 사항은 두려워하는 사람들을 위한 것이다. 사실 두려움 때문에 제대로 살아가지 못하고, 자기 본연의 모습도 갖추지 못한다.

나는 내가 이 세상에서 어떻게 살고 싶은지 결정하기만 하면 된다는 걸 깨달았다. 운명의 수레바퀴, 정열, 음악, 노래 등을 새로 창조하는 것이다. 유명해지거나 뭔가 추구하는 것을 잊는 것이다. 아픔과 슬픔을 받아들이는 것이다. 이미 확립된 어떤 규칙에도 속하지 않는 것이다.

금지 사항을 무시하는 게 아니라 그러한 금지 사항에 가치를 부여하지 않는 것이다.

고통을 겪는 게 아니라 고통을 이해하는 것이다.

단지 사는 것이다.

어떤 규칙도 없고, 진정으로 자기 자신과 자기 세대에 충실하는 것. 죽는 삶과 주는 삶. 삶을 주는 것. '주는 것.'

갑자기 나는 진정되었다. 아마 너무 신이 났나보다. 정말 떠나야 하나?

내가 나의 세대, 아니면 나의 세계에 어떤 의무가 있을까? 나의 세대는 몇 시간 뒤에 올 아홉 명의 아이들일까, 아니면 내가 다시 살려내야 할, 삶 속에 죽어 있는 모든 사람들인가?

다른 사람들과 이야기를 나눠야 한다고 생각했다. 소년이 알려준 대로 내가 어디에 속하는지 알아야 했다. 몇 시간 뒤면 내 생일이고, 아마도 섬의 다른 장소로 가야 할 것이다.

책을 펼쳐 열여덟 살이 넘은 사람들이 머무는 곳을 찾아냈다. 찾아가기 쉬운 곳이었다.

소년을 데려가도록 등대의 불빛을 붉은색으로 바꿨다. 이미 그가 원했던 만큼 파도 위에서 충분히 흔들렸다. 바로 그때 고개를 들자, 등대의 지붕 위로 수많은 푸른색 광고풍선이 보였다. 소년은 여자의 충고를 따랐다. 섬에서 매일 자신의 혼돈을 사랑했다. 등대의 붉은색 불빛과 지붕의 푸른색이 내 영혼에 영원히 아로새겨졌다.

단봉낙타에 올라타고 남쪽으로 갔다. 다른 세대들이 어떻게 사는지, 어떻게 이별하는지 지켜보고 싶었고, 내가 발견한 것을 그들은 어떻게 이해하는지 알고 싶었다.

나는 소년을 기리기 위해 루 리드의 〈*Perfect Day*〉를 불렀고 단봉낙타는 언제나처럼 타악기가 되었다. 그곳으로 갈 때보다 훨씬 더 구슬프게 울렸다.

등대에서 멀어지는 것은 고결한 위인과의 이별이었다.

잠시 후 개 짖는 소리가 들렸다. 반 고흐가 나를 따라왔다.

나는 나 자신이 유일한 존재라 느꼈고, 이 세상에서 아무것도 필요하지 않았다. 아무것도, 결코 아무것도.

마침내 세상은 절대 잊어서는 안 될 빛깔로 물들었다.

자기 스스로 평화로움에 다다른 사람만이 내가 그 순간에 깨달은 것을 느낄 수 있다.

나는 아직 주머니에 들어 있는 구토용 봉투를 뒤집어 단봉낙타의 등에 대고 두 번째 시를 썼다.

이 세상에서 살아가고 자신의 혼돈을 받아들이기 위해서는 열 개의 '충분하다'가 필요하다.

말로 변명하는 것으로 충분하다.

다른 사람들이 생각하는 것에 대해 고통스러워하는 것으로 충분하다.

사람들을 다르게 대하는 것으로 충분하다, 사람들은 모두 똑같다.

네가 만들지 않았거나 이해하지 못하는 규칙과 노는 것으로 충분하다.

달리고 서둘러 가는 것으로 충분하다, 지금이 바로 그 순간에 네가 있는 곳이기 때문이다.

최고가 되기를 열망하는 것으로 충분하다.

약자에 대한 잔인함으로 충분하다.

충분하다, 충분하다, 충분하다!

남들이

원하는

사람이 되면

정복당한 것이다

날이 밝아오는 동안 우리의 목적지에 도착했다.

그곳에 작은 초록빛 호수가 있었다. 자연과 완벽하게 동화된 호수였다. 절벽이나 등대는 없었다. 분화구 속에 물이 가득한 공간이었다. 아름다움이 넘쳐흘렀다.

나는 지쳤다. 단봉낙타와 반 고흐는 물을 마셨고, 나는 자연이 만든 수영장에서 수영을 했다. 아무 소리도 내지 않으려고 했다. 그 아름다움을 방해하고 싶지 않았다.

갑자기 호숫가에 한 소녀가 보였다. 트럼펫을 불고 있었다. 자기 자신을 위해 속삭이는 음표인 것 같았다. 나를 지켜보는 눈에는 온기가 흐르고 있었다.

나는 물에서 나와 그녀에게 다가갔다. 그 순간 그녀가 비행기에서 본 소녀, 나의 내부 생각과 접속한 소녀임을 알게 되었다. 그 이후로 수세기가 흐른 것 같았다.

그녀도 나를 보자마자 알아보았다. 외부로 울리지 않고 입술만 움직이면서 자신에게 그 말을 다시 했다.

"잠에서 깨지만, 나는 원하지 않는다……."

그녀를 바라보았다. 이번에는 명확했다. 내 대답을 발음했다.

"잠에서 깨고, 나는 원한다."

그녀는 나를 바라봤고 더 깊이 파고들지 않았다. 반 고흐가 다가가 그녀의 냄새를 맡았다. 둘이 마음이 잘 맞는 것 같았다.

"네가 북쪽 사람들의 리더니?" 내게 물었다

"응, 너는 남쪽 사람들의 리더니?"

"응."

소녀가 다시 트럼펫을 불었고, 이번에는 무슨 노래인지 알았다. 〈Taps 진혼곡〉이었다. 〈De aquí a la eternidad 지상에서 영원으로〉에서 몽고메리 클리프트의 입술을 통해 들었다. 나의 아버지는 버트 랭카스터가 나오는 모든 영화의 대단한 팬이었다. 특히 〈El Nadador 애증의 세월〉을 좋아했는데, 그 영화에서 배우는 수영장에서 수영장으로 수영을 해서 도시 전체를 횡단하려 한다. 아버지가 그 영화에 열광한 것은 소통 불능에 대한 비유이기 때문이라고 생각한다. 아니면 단지 물이 나와서 좋아했을 것이다. 그 영화에는 계속 물이 등장했다.

소녀가 트럼펫을 다 불자 박수를 치고 싶었으나 그럴 자리가 아니라는 걸 알았다. 그녀에게 비밀 하나를 얘기했다.

"나 오늘 열여덟 살이 돼."

"축하해." 그녀는 미소를 지었다. "여기 죽으러 왔니?"

그녀 역시 비행기 안에서 봤을 때와는 달라져 있었다. 그녀에 대해 잘 모르지만 그 점을 감지했다.

"그럴 것 같지는 않아……. 아마 돌아갈 거야." 나는 솔직하게 말했다.

"거기?"

"응."

"왜?"

"그들을 바꾸기 위해. 그들이 깨어나도록 우리가 도와야만 해."

"그렇게 하도록 허락하지 않을걸."

"주는 것." 내가 주장했다.

나는 그녀가 내 길을 만들어주기를, 그녀 이전 세대의 죽음이 그녀를 내 순간으로 데려다주기를, 그녀가 '주는 것'을 이해하기를 바랐다.

"주는 것. 그거 알아……."

"그게 다야." 나는 다시 주장했다.

"그거 알아." 그녀는 내게 다시 미소 지었다. "그러나 그들에게 네가 느끼는 걸 설명하는 건 쉽지 않을 거야. 그들에게는 덫이 있어서 그것을 저지할 수 있어.

이곳은 잠깐이라서 존재하지. 너를 이해하지 못할 거야. 그들은 돈을 위해, 일을 위해, 소유권을 위해, 자원을 이용하기 위해 살지…….

두려움, 세상의 정세, 균형과 미래에 대해 이야기하면서 네 주장을 저지할 거야.

사회가 발전함에 따라 우리를 죽음에서 멀어지게 하고, 그로 인해 삶에서도 마찬가지로 멀어지지.

2000년도에 불합리한 것을 완성했지. 죽음이 모든 것을 재배치할 때 태어나서 죽음을 등지고 사는 것."

그녀의 말을 듣고 있었지만 믿을 수는 없었다. 내 순간에는 가깝지만 내게 영감을 주는 힘에서는 먼 것 같았다.

그녀는 더 구체적으로 말했다.

"거기 도착하면 뭘 할 건데? 그 가치들을 어떻게 전할 건데? 누구에게?"

나는 대답하지 않았다. 떠나야 할 시간이라고 생각했다. 임신한 여인에게 갈 것이다. 그녀는 나를 이해해줄 거라고 믿었다. 그녀는 내가 필요로 하는 해답을 줄 수 있다고 확신했다.

비행기 소녀가 나를 저지했다.

"내 세대에 대해 이야기할 수 있게 네 삶의 세 시간을 나에게 선물해줘."

나는 수락했다. 그녀는 자기 세계를 보여주었다. 그들은 시인의 이름을 갖고 있었다. 리더의 이름은 위대한 심보르스카를 기리기 위해 비스와바였다. 그 소녀도 그랜드호텔에서 투쟁하고 있었다.

그들이 어디서 모이는지 보여주었다. 아름다운 초록색 동굴이었다. 그리고 그들의 이별하는 방식도. 재를 물감에 섞어 화산 벽에 시를 썼다. 잃어버린 사람들의 삶을 요약한 시였다.

내게 몇 행을 읽어주었다.

조심해서 밟아라,
내 꿈을 밟는 것이다.

선을 행하는 것은 행복을 만드는 것이다.
악을 행하는 것은 고통을 만드는 것이다. 그게 전부다.

너 자신이 되어라,
남들이 원하는 사람이 되면 정복당한 것이다.

단어 형태에서 비롯된 하나하나의 유해들을 탐지하자 온몸에 전율이 흘렀다. 반 고흐도 나와 똑같이 느끼는 걸 보았다.

그들의 리더가 어떤 긍정적인 힘을 발산하고, 일상적인 행동 하나하나를 어떻게 사랑과 성으로 변화시켰는지도 얘기해주었다. 그들에게 매 순간 주의하라고 가르쳐주었다. 무엇보다도 과정을 중시하라고 했다. 목표에 도달하는 것보다 그 과정 자체를 더 즐겨야 한다.

그들의 세상이 운을 맞추는 것 같았다. 이보다 더 잘 설명할 수는 없다.

그들이 말하던 언어는 애무의 언어라고 했다. 필요할 때는 서로 어루만져주었다.

"두려움의 상처는 애무를 잃어버린 결과다." 소녀가 내게 말했다.

그들의 세상을 알아갈수록 놀라웠다. 우리 세상과는 많이 달랐다.

"너는 리더로서 뭘 할 거야?" 내가 그녀에게 물었다.

말을 할 때마다 동굴이 울렸다. 동굴 속에 말이 저장되는 것 같았다.

"그걸 생각해서는 안 된다고 믿어. 자연스럽게 나오는

거니까." 그녀가 대답했다. "그들은 자신의 죽음과 죽음에 맞서는 자신들의 방식을 가지고 도착하고, 태도를 분명히 하지. 사람들을 바꿀 수 있는 유일한 것은 여행이고 공동체로 사는 거야.

리더가 되는 건 이 역할을 실행한다는 의미가 아니라 단지 비춰주는 거지."

자신의 리더십을 고찰하는 것이 마음에 들었다. 아마도 그녀에게 후견을 받아야 할 것이다. 나이가 바뀌었으니 가능할 것이다.

그렇게 얘기하자 그녀는 감동받았고, 우리는 그녀 이전 세대의 우주로 들어가게 되었다.

우리는 끝도 없이 서로를 마사지하듯 애무했다. 그녀는 나를 너무 멀리 데려갔다……. 나는 내 세대가 아닌 다른 세대의 견습생이었다.

그녀는 그것을 눈치채고 나를 격려해주었다.

"미쳐봐, 그리고 망각에 빠져버려, 네게 도움이 되지 않아, 무거운 짐일 뿐이야. 생각하면 문제가 생겨."

내게 말했다. 가까운 동반자가 생긴 것 같았다…….

그리고 나는 나 자신에게서 자유로워졌다.

살아야 할

이유가 있는 사람은

어떻게든

모든 것에 맞설 수 있다

거기 남아서 행복하게 지낼 수도 있겠지만 그러면 잘못된 판단이 될 것이다. 반 고흐를 보니 소녀 옆에서 만족스러워했다. 마치 새로운 무리를 발견한 것 같았다. 소년이 반 고흐를 여럿이 돌보길 원했으므로 소녀와 함께 남아 있게 했다. 소녀와 개가 동의했고, 나는 둘에게 서로 잘 돌봐주라고 속삭였다.

나는 거기 남지 않기로 했다. 아무리 복잡해도 내 길을 가야 한다. 소녀에게 임신한 여인과 다른 세대의 리더를 만나러 가야 한다고 말했다.

그녀는 나를 말리지 않았고, 더 빨리 갈 수 있도록 돛단배를 내주었다.

"배를 타본 적이 한 번도 없어."라고 털어놨다.

"내가 가르쳐줄게. 10분이면 할 수 있을 거야."

정말이었다. 밧줄을 풀고 그녀 시간의 10분. 그리고 항해했다. 주는 것.

그들을 호숫가에 남겨두었다. 이제 그들을 다시 보지 못할 것이 분명했으나, 그들을 알게 해준 행운에 감사할 따름이었다.

소녀는 놀랍게도 니니 로소의 〈*Il silenzio* 밤하늘의 트럼펫〉를 연주해주며 작별을 고했다. 그녀는 남은 마지막 며칠 동안 트럼펫 연주를 택했을 것이다. 각자에게 자기 특성에 맞는 악기가 있다고 누가 설명해주었는지 모르겠다. 자신이 관악기, 현악기, 또는 타악기 중 어디에 속하는지만 알면 된다. 그녀는 전적으로 관악기였다.

서쪽으로 향했고, 바다에서 내 집을 보았다. 미지의 관점에서 그 집을 보니 다시 감동이 몰려왔다.

고개를 돌리자 그랜드호텔이 매우 가까이 있었다. 우리가 죽어갈 그곳이 어떤 곳인지 알기 위해 가봐야 한다고 생각했다. 하지만 무엇보다도 내 전 세대의 지도자를 만나보고 싶었다.

청년 마티스를 만나면 무슨 말을 해야 할지 모르겠다. 내가 살아온 것에 대해 말하고 싶었으나 그가 살아온 것과 별반 다르지 않을 거라는 생각이 들었다. 우리 모두는 결국 다른 사람의 발명의 일부가 된다고 확신한다.

나는 내게 허락되었던 10분간의 학습 덕분에 그랜드호텔을 향해 노련하게 노를 저어 나아갔다.

강가에 도착하자 어머니가 나를 지켜보고 있었다. 자기 시간이 오기 전에 그 장소에 대해 알고 싶어한 사람이 내가 처음도 마지막도 아닐 거라 생각한다.

모래사장에 배를 두었다. 그녀는 나를 바라보더니 말없

이 나를 원형 건물인 그 유명한 그랜드호텔로 데려갔다.

우리는 4층으로 올라가 415호로 갔다. '마티스'라는 글자가 그려진 작은 팻말이 있었다. 내가 온 이유가 명백하다고 생각했다. 다른 리더들도 그들의 전임자를 만나고 싶어했을 것이다.

어머니는 아무 말 없이 떠났다.

나는 혼자서 방으로 들어갔다. 널려 있는 수액 줄, 병원임을 알 수 있는 소리들, 그리고 거기, 병원용 침대 위에 마티스가 있었다.

대략 내 나이 또래에 피부는 구릿빛이고, 눈을 감고 있었는데 얼굴이 정말 아름다웠다. 내가 본 사람 중에 가장 아름다운 사람 같았다.

내가 들어가자 그가 한쪽 눈을 떴다. 나는 곁에 앉아 본능적으로 그의 손을 잡았다. 왜 그랬는지 모르겠다.

그에게 내가 누구인지, 내가 만난 그의 세대 사람들, 화가 난 소녀, 나이 들어 보이는 소녀, 소년, 몸통 소년, 그리고 내 생각, 사회에 대한 생각, 바꾸고 싶은 것, 춤, 오페라 등에 대해 말했다.

그는 모르는 게 없을 거라고 생각했다.

그는 한쪽 눈만 뜬 채 나를 바라보았는데, 묘한 안정감이 나를 향해 뿜어져 나왔다. 설명하기 어렵지만 나는, 순결하고 결점 없는, 우리를 완전하게 우리로 느끼게 해주는 사람 앞에 있었다.

내가 거의 한 시간 동안 말을 한 뒤 그가 몇 마디 했다.

"사회는 너야……, 잊지 마……. 사회는 또한 너야."

나를 바라보며 덧붙였다.

"추구한다는 것은 목표를 필요로 할 뿐 최종 목적지 자체는 아니야."

그러고 나서 화가들에 대한 책을 주었다. 나이 들어 보이는 소녀가 내게 말했던 그 책이었다. 그는 죽어갔고, 그의 가장 귀중한 것을 선물로 주었다. 주는 것.

그리고 위인이 떠난다는 것을 경고하듯 그와 생명을 연결하고 있던 기계들이 갑자기 작은 비명을 내지르며 리드미컬하게 울렸다.

어머니와 간호사 둘이 들어왔다. 그들은 뛰거나 서두르지 않았다. 그는 거기 죽으러 왔으므로 놀랍거나 고통스러울 건 하나도 없었다. 그를 다시 살리려 하지도 않았고 기계만 껐다.

어머니가 내게 눈을 감겨주고 싶은지 물었다. 대단한 영광이므로 나는 그렇게 했다. 내가 그의 삶의 일부라는 느낌이 들자 울컥했다.

그때 어머니가 자신의 규정을 내게 알려주고 연설과 충고를 해주기를 기대했다. 그 섬에서는 모두가 느끼는 것을 이야기하곤 했다.

그러나 우리가 그 방에 있는 30분 동안 어머니는 아무 말도 하지 않았다. 우리는 침묵한 채 마티스와 함께 평온하게 있었다. 그의 삶은 그 방에서 천천히 멀어져갔다.

나는 자리를 뜰 때가 되었다고 느끼고 천천히 복도로 나와 걸었다. '비스와바'라고 쓰여 있는 문 앞에서 멈추었다.

그 방에 들어가 그녀를 어루만지자 그녀가 우리 곁을 떠났다……

그녀를 위해 그녀의 팔에 한 구절을 적었다.

 "살아야 할 이유가 있는 사람은
  어떻게든 모든 것에 맞설 수 있다."

나는 함께 춤을 춘 여자를 만나러 배에 올랐다.

리더들은

이전 세대들의 가르침을

잊지 않기 위해

그들을 따라야 해

문 앞에 도착해서 노크를 했지만 아무 기척도 없었다.

집 안으로 들어가 테라스로 가보았지만 역시 그녀가 보이지 않았다.

그녀의 아름다운 집 가장 높은 층까지 올라갔다. 거기 있었다, 그들이 있었다⋯⋯.

작은 아기가 그녀의 품속에서 쉬고 있었다. 두 사람의 표정이 너무도 큰 사랑으로 빛나고 있어 참을 수 없이 절로 미소가 지어졌다.

나는 그녀 옆에 앉아 손을 잡았다. 그날 그 손을 얼마나 많이 쓰다듬었는지 모른다.

아기는 그녀를 부드럽게 바라보며 가벼운 소리를 냈다. 그 순간의 배경음악이었다.

우리 두 사람은 차츰 그 소리를 흉내 내기 시작했다. 평화를 안겨주는 기도 같았다.

"여기서 태어난 첫 번째 아기라고 생각해. 훌륭한 삶을 누릴 거야. 언젠가 네게 푸른 세계에 대해 얘기했니?"

나는 고개를 저었다.

"라파엘 알베르티에스파냐의 시인이자 극작가의 푸른 세계. 세자르 만리케에게 바친 시에 등장하지. 그를 '바람과 화산의 목동'이라고 불렀어. 아름다운 묘사야, 그렇지 않니?"

나는 그렇다고 대답했다.

"너는 바람과 화산의 조련사의 얼굴을 갖고 있어. 이 아기도 그렇고……." 그녀가 말했다.

그러고 나서 라파엘 알베르티의 시 한 구절을 큰 소리로 낭송했다. 「*Lancelote* 랜슬롯」이었다. 너무 완벽했다…….

나의 푸른색을 찾으러 돌아왔네,

나의 푸른색, 그리고 바람,

나의 광채,

내 삶을 위해 언제나 꿈꾸어온

파괴할 수 없는 빛.

나의 소곤거림, 나의 음악이

여기 남아 있네,

파도의 포말에 너울거리는 나의 첫 마디,

고요한 바다, 심연이 없는 순수한 바다

전설 이전에 태어난 나의 심장.

어쩌면 죽고 싶다, 죽고 싶다,

죽음은 더 사는 것, 이 바람의 무덤에서,

아직 부르지 못한 내 노래의 숨결로

푸른색을 더욱 짙게, 유랑하라.

나는, 나는 한없이 투명함을 노래하는 시인,
비록 피 흘릴지라도 아직 노래할 수 있네,
나와 함께, 내 목소리로 소생을 원하는
깊은, 선명한 상처를 입은 채
죽어간 수많은 사람들이 가득한 곳.

그렇게 말했더라도 죽는 것, 나는 죽고 싶지 않아,
그렇게 죽더라도 바다는 죽지 않기 때문이지.
저 넘어, 시대를 넘어
나의 목소리, 나의 노래, 너희들과 함께해야만 해.

 나는 그녀에게 손을 건넸다. 그녀의 손을 잡았다. 우리
는 함께 숨을 쉬었고, 그녀의 심장이 천천히 뛰는 것을 느
꼈다. 사라지고 있다. 그녀는 내가 가지고 있는 화가들에
대한 책을 보았다. 한 화가와 그림 하나를 찾고 있었다. 나
는 무얼 찾는지 알고 있다.
 "푸른색에 대해 알고 있는 다른 사람." 그녀가 말했다.
"덧붙이자면 그는 사실 언제나 아무 준비 없이 야외에서

전속력으로 그림을 그리곤 했지. 그 파도, 그 바다는 기다려주지 않아서 붙들려면 서둘러야 한다고 말했지. 자연은 우리에게 전속력으로 말해."

그녀가 말하는 화가는 소로야였다. 그는 그림에 간결한 제목을 붙였다. '수영하는 사람들' '여름' '어부'……. 그의 철학은 내 아버지의 철학과 비슷했다.

"내 아들이 자라는 모습을 보지 못하리라는 걸 알아, 내 마음에 소로야의 모든 아이들을 그의 바다, 말, 친구와 함께 차곡차곡 간직한다면……. (그녀는 페이지를 넘기며 말했다.) 그가 자라고, 살고, 노는 것을 보는 것과 같을 거야.

소로야와 알베르티의 푸른 세계에서, 그가 자라는 것을 보고, 모래사장에 대자로 누워 웃고 즐기며 살아가는 그를 상상하지……."

그녀는 다시 미소 지었다.

"너를 도와줄게. 네 이름을 소로야로 하렴. 때로 리더들은 이전 세대들의 가르침을 잊지 않기 위해 그들을 따라야 해. (나는 미소 지었다, 새 이름이 마음에 들었다.) 그 대신 내 아들에게는 다른 이름을 찾아주어야겠지. 너의 새로운 세대에 속하니까."

나는 아무 말도 하지 않았다. 그녀에게서 기쁨과 슬픔의 감정을 느꼈고, 그녀가 다음에 무엇을 요구할지 상상했다.

"나는 이제 떠날 거야. 네가 그와 함께하기를, 여기서 데려가주기를 바라. 그렇게 해줄 거지?"

"그를 어디로 데려가길 원하세요? 나는 그리 오래 살지 못할 텐데요." 나는 걱정스레 말했다.

"너는 많은 삶을 살 거야, 소로야." 그녀는 내 말을 가로막았다.

그녀가 물리적인 삶을 말하는 것이 아님을 알았다. 그 삶을 잃고 있음을 느꼈다.

그러고 나서 그녀를 위해 노래를 불렀다. 내 목소리는 거의 천사의 목소리에 가까웠고 찬송가를 부르는 것 같았다. 베르디의 〈Il trovatore 일 트로바토레〉 중 〈Di quella pira 타오르는 불꽃을 보라〉를 불렀다. 나는 푸른색 보청기를 빼고 내 혼돈을 사랑했다.

어떻게 보면 내가 절대 생각할 수 없는 수준에 도달하는 노래를 불렀다. 그녀는 노래를 들으며 마음속에 끝없는 감동을 받았고, 나는 노래를 끝낼 때까지 그 노래가 그녀 삶에서 듣게 될 마지막 노래라는 것을 알지 못했다.

Madre infelice, corro a salvarti,

o teco almeno corro a morir.

가엾은 어머니, 내가 당신을 구하러 갑니다,

구하지 못한다면 당신과 함께 죽을 겁니다.

내가 그녀의 푸른 세계의 일부가 되었다는 걸 느꼈다.

그녀가 떠났을 때 아기는 울지 않고 침묵 속에서 나를
그윽히 쳐다보았다.

약속을 지켜야 했으므로 거기서 그를 데리고 나왔다.

바로 그 순간,

푸른 세계가

내 안에서

폭발했다

우리는 공항으로 갔다.

비행기에 올랐다. 의자에 앉아 아기를 내 몸에 꼭 붙들어 맸다.

여행의 목적지는 내가 가장 행복했던 곳, 양아버지를 잃은 곳이다. 그 절벽에서 아기는 내가 될 수 없었던 모든 것이 될 것이다. 도착하면 그에게 그 여행에서 끝날 내 삶에서 최고의 것이 담긴 그림들과 함께 내가 쓰기 시작한 책을 건네줄 것이다.

『너의 혼돈을 사랑하라, 너의 다름을 사랑하라, 너를 유일한 존재로 만드는 것을 사랑하라』.

그는 물려받은 유산으로 삶에서 모든 것, 완전히 모든 것을 할 수 있을 것이다. 더 이상은 필요 없을 것이다. 이전 세대의 길. 그 이야기를 마무리해 그에게 주고, 그는 그것을 세상으로 가져가는 사람이 될 것이다.

그는 그곳에서 태어나고 보살핌을 받았다. 모든 것을 이해할 것이고, 그 섬의 모든 에너지를 자양분 삼아 세상을 바꿀 수 있을 것이다.

그의 이름을 찾는 일만 남았다.

내 생각은 분명했다. 모든 사람들이 기억할 하나의 단어여야 했다. 다양한 이름을 생각했다. 모든 것이 그 섬에서 내게 일어난 일들과 관련 있었다. 첫 번째 춤을 기리는 '오펜바흐', 몸통 소년과 그의 드럼을 기리는 '용혈수'나 '일본도', 그의 어머니의 세계를 위해 '란세로테'……

언제나처럼 신중하게 정해야 했다. 이름은 선택된 음악이고, 그 음악은 지상에 첫발을 내디딜 때 울려 퍼질 어떤 영감을 주는 노래여야 한다. 그의 삶에 일부가 되어야 한다.

무엇이 되든 후렴 속에는 그의 에너지가 있을 것이다.

한 사람이 세상을 바꿀 수 있을까? 나는 추호의 의심도 없이 그렇다고 생각한다.

비행기 안에서 아기에게 수많은 이야기를 속삭여주었다. 이 여정이 마지막이라는 걸 알았다. 땅에 닿는 순간 나는 더 이상 숨을 쉬지 않을 것이다.

아기를 꼭 끌어안았다. 내가 떠나면 그는 나의 상실을 떠안을 것이다. 그는 내 혼돈을 애무하듯이 껴안을 것이다.

그는 태어났고 나는 죽어간다. 그는 세상을 바꿀 힘을 가질 것이고, 나는 그가 세상을 바꾸길 바란다.

우리의 숙명이 가까이 다가왔다. 착륙한 뒤 분명 누군가 나에게 묶여 있는 그를 발견할 것이다. 그를 어떻게 교육하고 책을 언제 주어야 할지 메모를 남겼다.

그 지침을 존중하면 그 소년은 세상을 바꿀 거라고 확신한다.

비행기가 착륙하기 시작했고, 내 내면에서 주제가 한 곡이 울려 퍼졌다.

엘비스 프레슬리가 부른 〈*Blue eyes crying in the rain* 빗속에서 울고 있는 푸른 눈동자〉였다. 왕이 죽던 날 부른 마지막 노래. 미국인들은 엘비스 프레슬리를 왕이라 부른다. 노래는 완벽했고, 내 아버지가 글을 쓸 때 듣던, 끊임없이 반복되는 주제곡들이 생각났다. 다음 후렴 부분을 유독 사랑했다.

We'll stroll hand in hand again
In a land that knows no parting.
이별이 없는 그 땅에서 우리는 다시 만나게 될 거야.

그 주제곡은 우리가 투쟁한 모든 것의 에너지와, 언젠가 우리를 에워쌀 푸른색으로 가득한 하늘을 뿜어냈다.

그 음악을 들으며 갑자기 소년이 생각났고, 소년이 해주었던 푸른 영혼의 인디고 이야기가 기억났다. 이 아기가 그들 중 하나라는 확신이 들었다. 틀림없었다.

'아줄(*Azul* '푸른'이라는 뜻)'이 그의 이름이 될 것이다.

'아줄'이 이 세상을 다른 방식으로 돌게 할 것이다.

나도 모르는 사이에 나의 세대를 만들었다.

이 아기는 죽음에 대해, 놀이에 대해, 느낌에 대해, 존재에 대해, 모든 규칙을 잊는 것에 대해 이야기할 새로운 세상을 시작할 것이다……

"아줄." 아기에게 속삭였다.

아기는 자신의 이름을 듣자 미소 지었다. 그의 미소 속에 우리가 잃어버린 모든 것들의 파편이 보호받고 있었다.

나는 절벽 위 그 집의 열쇠가 달린 목걸이를 풀어 그에게 걸어주었다. 거기에 그의 집이 있었다.

"세상, 아줄, 너의 혼돈을 사랑하라."

그 노래에 맞춰 흥겹게 춤추다가, 문득 생각이 들었다.

'누가 그를 돌볼까?'

'누가 그를 사랑할까?'

'누가 그의 혼돈을 사랑할까?'

나는 마치 내면의 확성기를 울리듯이 마음속으로 크게 외쳤다. 비행기 안에서 누군가가 그 소리를 듣게 되면 그를 사랑하고 돌봐주기를 바라며.

비행기 안 앞뒤를 훑어보았다. 마침내 입술을 움직이지 않고 내는 목소리를 들었다. 내 안에서 울렸고 전에도 그 소리를 들은 적이 있다.

"내가 그의 혼돈을 사랑할게."

나는 몸을 돌렸다. 여섯째 줄 뒤, 좌측으로 기운 곳에 대부가 있었다. 대부, 화산에 바친 용암으로 만든 형상들의 창조자. 대부는 방금 내린 결정이 자랑스러운 듯 나를 바라보고 있었다. 나는 남쪽의 소녀가 내 의도를 그에게 들려주었고, 그가 내 꿈을 이루도록 도와주기 위해 섬을 떠났다고 생각했다.

비행기가 착륙했다. 나는 그가 그렇게 하리라는 걸 알았다. 아기를 입양해 내가 쓴 책과 함께 절벽 위의 집으로 데려갈 것이다.

마침내 나는 내 세계를 창조했고 내 유산을 남겼다고 생각한다.

나는 죽어가고 있었으나 미소 지을 수밖에 없었다. 행복했다. 나는 마지막으로 그가 다가와 내 얼굴을 어루만지는 것을 느꼈다. 그에게 중절모자를 돌려주고 아줄을 건네주었다. 아기를 돌봐주고 반듯하게 자라도록 도와줄 것이다.

변화하는 것은 나를 많이 달라지게 한다는 걸 그 섬에서 배웠다. 변화하지 않고자 한다면 단지 편안한 길로만 데려갈 것이다.

그때 내 땅의 바다, 내 아버지의 바다를 들었다. 그들의 소리, 그들의 파도, 그들의 메시지…….

내 아버지는 바다의 소리, 파도가 절벽에 부딪혀 부서지는 소리를 듣곤 했다.

내 아버지는 사람들의 소리는 절대 듣지 않았다. 그 소리가 그에게 무슨 말을 하는지 이해하려고 그 절벽을 몇 시간씩 바라보곤 했다.

"자연은 우리에게 말을 걸지만 우리는 그것을 이해하기에는 너무 바빠."

어느 날 밤 아버지가 내게 속삭였다.

나는 비행기에서 내리기 전에 아줄을 바라보았다. 그도 파도 소리를 듣고 그것을 이해한다. 바다, 땅, 바람 등이 우리에게 속삭이는 것을 이해한다. 두 개 혹은 세 개 행성들의 소리가 만나는 작은 화음까지도…….

푸른 세계는 이미 시작되고 있었다. 그 소년이 어떻게 자랄지, 소로야의 그림 속 같은 바닷가에서 행복해하는 모습을 상상했다. 〈*La passerella di Addio*〉를 흥얼거리면서 기억하는 대로 갈겨썼고, 나는 매우 행복했다.

사실 모든 사람에게는 두 번의 생일이 있다. 하나는 태어난 날이고, 다른 하나는 삶을 깨우는 날이다. 오늘 나는 삶을 깨웠으니, 내 두 번째 기념일이다.

마지막 생각은 내 혼돈에서 나왔다.

"그래, 한번 해보자."

이 말이 항상 모든 질문에 대한 답이어야 하리라.

바로 그 순간, 푸른 세계가 내 안에서 폭발했다.

우리가 꿈꾸는 푸른 세계

『노란 세계』와 『붉은 팔찌』에 이어 인생과 투쟁, 죽음에 대해 이야기하는 색의 3부작을 이 책으로 마무리하게 되었다.

『노란 세계』(2008)는 예상을 완전히 뛰어넘었다. 여러 언어로 번역되거나 판매 부수가 많아서가 아니다. 가장 중요한 것은, 많은 독자들과 이메일로 교류하게 되었다는 점이다. 매일같이 나는 독자들로부터 이 책이 자신의 삶에 어떤 의미인지 이야기하는 이메일을 받고 있다.

매일 8000여 통에 이르는 이메일을 받고 있으며, 이는 독자들이 내게 주는, 설명하기 어려운 상과 같다. 나를 감동시키는, 색채를 향한 뜨거운 애정이다.

내가 가장 좋아하는 책은 바로 『노란 세계』이다. 이 책이 나왔을 때 나는 첫 아이를 얻은 아버지와 같은 자부심을 느꼈다. 다른 소설에 대해서는 다른 감정을 느낀다.

『너와 내가 아니라면 너와 내가 될 수 있었던 모든 것』 (2010)은 나의 꿈과 소망의 산물이다. 동시에 발간된 희곡 『일할 때 혀를 내미는 매혹적인 남자』와 비슷한 면이 있고, 관점은 다르지만 동일한 개념에 대해 이야기하는 책이다. 잠을 자고 싶지만 잘 수 없고, 사랑하고 싶지만 방법을 모르는 소년. 무엇보다 스스로 통제하지 못하는 재능에 맞서야 하는 소년.

『사랑이었던 모든 것』(2011)은 내게 산 조르디 축제의 날을 매우 감동적으로 보내게 해주었고, 오래전 내가 다리를 잃은 날 느꼈던 수많은 감정에 다시금 휩싸이게 해주었다. 이 책의 주인공은 나와 가장 많이 닮았다. 키가 더 크길 바라고, 자기 아이를 잃고서야 다른 아이들을 발견하는 '다니'.

『잃어버린 웃음을 찾는 나침반』(2013)은 희곡 『우유 마시는 호랑이들』과 쌍둥이처럼 함께 태어났다. 두 작품을 통해 내 친구 안토니오 메르세로에게 감사하는 마음을 전하고자 했다. 그의 투쟁은, 가장 정직한 이들을 향하는 존경의 등대처럼 매일 나를 비춘다.

그리고 이제 『푸른 세계』를 소개할 차례다. 내가 이 책을 써야 했던 이유는, 어떤 감정으로도 설명하기 어렵다. 내용과 표현, 감정에서 혼돈을 느낀 작품이다.

나는 나의 온 세상을 뒤집어엎겠다는 생각만 하려 했다. 내가 인생의 순간마다 느낀 감정의 일부를 각 장에서 보여주려 했다. 노란색 또는 붉은색으로 시작하지만, 차츰 푸른색을 향해 방향을 바꾼다.

나의 단편영화 〈피타하야〉는 내게 많은 즐거움을 주었으며, 동시에 출간된 『푸른 세계, 너의 혼돈을 사랑하라』는 그 장면 하나하나를 조명한다. 몇 달 뒤 영화가 완성되기를 기대한다. 내 혼돈을 사랑하는 사람들과 함께 영화를 만드는 일은 남은 인생에서 내가 지켜야 할 열정이다.

내가 처음으로 발표한 소설 세 편은 노란색 조명을 받았다. 다음 세 작품은 푸른색을 띠길 바란다. 강도는 중요하지 않다. 코발트의 푸른색일지, 남동석의 푸른색일지, 알렉산드리아의 푸른색일지, 청금석의 푸른색일지는 알 수 없다.

내가 분명히 아는 것은, 이 이야기가 실제 인물들을 바탕으로 했다는 것이다. 내 인생이 열여섯 살 나이로 꺼져가던 그때, 내 남은 인생을 규정한 "생존 가능성 3퍼센트"라는 말을 들은 그 주에 나는 그들을 만났다.

이 책은 자신의 길을 찾으려 했던 『붉은 팔찌』의 인물 '예오(*Lleó*)'를 바탕으로 한, 픽션이자 논픽션이다. 또한 『노란 세계』에 등장한, 행복해지기 위한 일곱 개의 비밀을 내게 이야기해준 사람의 모습도 일부 들어 있다. 나는 무엇보다도 이 놀라운 사람들의 삶과 영혼, 그리고 선량함에 대한 이야기를 등장인물들을 통해 보여주려 한다.

『노란 세계』에서 그랬듯이 내 이메일 주소를 남긴다. 어느 나라에서든 어느 언어로든 이 책을 읽는 독자 여러분과 내가 교류하는 일은, 우리 사이에 영원한 유대감을 낳는다고 생각한다.

내 이메일 주소다.

albertespinosa91@yahoo.es

우리가 그 푸른 세계를 만들기를 바라며…….

란사로테에서

알베르트 에스피노사

삶의 끝에서 만난 순수의 세계

　앞으로 사흘 뒤면 나는 열여덟이 된다.

　그 나이가 될 수 있을지는 모르겠다…….

『푸른 세계』의 첫 페이지를 넘겼을 때였다. 이 문장을 처음 맞닥뜨리자 모든 것이 정지된 듯 잠시 아무 생각도 할 수 없었다. 누구나 언젠가는 죽는다. 죽음은, 누구에게 나 공평하게 찾아온다. 그런데 때로는 그것이 공평하지 않게 느껴질 때가 있다. 죽음이라는 것을 현실로 맞기에는 너무 어린, 아이들에게 그 어두운 그늘이 드리울 때다.

　누구나 살면서 처음으로 죽음을 배우게 되는 때가 있다. 아마도 대부분 어린 시절에 그것을 알게 될 것이다. 어떤 아이는 놀랄 것이고, 어떤 아이는 두려워할 것이고, 어떤 아이는 너무도 먼 미래의 일이라고 생각해서 별 다른 감정을 느끼지 못할지도 모른다. 그리고 여기,『푸른 세계』에는, 죽음이라는 것을 배운 지 얼마 되지 않았음에도, 그것이 멀지 않은 미래에 자신에게 곧 닥쳐오리라는 것을 알게 된 아이들이 있다. 게다가 그 아이들 곁에는 그들의 죽음을 슬퍼해줄 가족도, 그 누구도 없다.

'나'는 한 살 때 양아버지에게 입양되었지만 양아버지마저 잃고, 치명적인 병으로 오랜 시간 병원에 홀로 입원해 있다. 그러던 어느 날 의사에게 앞으로 남은 날이 이틀 혹은 사흘뿐이라는 말을 듣는다. 그 말을 듣자마자 '나'는 병원을 나와 '그랜드호텔'로 향한다. 그랜드호텔은, 마지막에 돌봐줄 사람이 아무도 없고 죽음이 며칠 남지 않은 이들을 위한 곳이다.

　모든 것의 기본은, 오늘이 죽을 날이라고 생각하는 것이다. 그것이 인생에 의미를 부여한다. 그것이 전부다.

알베르트 에스피노사는 열네 살 때 암 선고를 받았다. 10여 년 동안 여러 차례 수술을 받으면서 열다섯 살 때 한쪽 다리를 잃었고, 그 후 폐와 간의 일부를 잃었다. 열여섯 살 때 의사는 그에게 생존 가능성 3퍼센트라는 선고를 내렸다. 그는 여러 차례 죽음 가까이에 다가가는 고통을, 슬픔과 절망을 맛보았을 것이다. 하지만 희망을 놓지 않았고, 스물네 살이 되던 해에 병원을 떠날 수 있었다. 그를 살게 한 희망의 이야기가 『노란 세계』에 담겨 있다면, 『푸른 세계』는 삶과 죽음의 경계에서 피어나는 진짜 인생, 가장 순수한 자기 자신의 세계를 펼쳐낸 소설이다. 알베르트 에스피노사는 실제로 그가 만났던 인물들을 바탕으로 이 소설을 썼다고 한다. 『푸른 세계』에는 '나'를 비롯해 구릿빛 피부를 가진 소년, 팔다리가 없이 몸통뿐인 소년, 화가 난 소녀, 중년의 임신한 여인 등 여러 인물들이 등장한다.

　'그랜드호텔'을 찾은 이들은 존엄한 죽음을 맞기 위한 장소인 그랜드호텔로 가기 전에 등대의 집에 머물며 최후의 며칠을 보내게 된다. 열 명이 한 그룹을 이루어 하나의 세대를 이루고, 자기들만의 삶의 규칙을 만들어 자신이 '마지막 순간에 진정으로 원하는 것'을 행한다. '나'는 귀가 잘 들리지 않아 늘 보청기를 껴야 하지만 음악 듣기를 좋아한다. 언제나 그와 함께하는 것은 음악뿐이었다. 그는 남은 시간 동안 자신이 진정으로 하고 싶은 것을 마침내 생각해냈다. 그것은 '아리아를 부르는 것'이다.

생의 마지막 순간에 진정으로 원하는 무언가를 할 때는 어떤 규칙도, 금지 사항도 필요 없다. 그 무언가를 잘할 필요도, 최고가 될 필요도 없다. 그저 '자기 자신의 혼돈'을 사랑하면서 순수한 마음으로 '하면' 된다. 그렇다. 지금 이 순간 '하면' 되는 것이다. 다음 문장을 오래도록 기억하고 싶다.

행복이 존재하는 게 아니라 행복한 매일이 존재할 뿐이야. 이를 위해 너의 혼돈을 사랑하는 게 중요해.

삶과 맞닿은 죽음을, 죽음과 맞닿은 삶을 어쩌면 이토록 경이롭게 그려냈을까. 아이의 몸과 영혼으로 삶과 죽음의 시간을 지나온 사람만이 볼 수 있는 세계라는 생각이 든다. '푸른 세계'는 어떤 질서도, 규칙도, 강요도 없는, 우리가 진정으로 원하는 방식으로 만들어가는 세계다. 『푸른 세계』는 삶과 죽음, 탄생에 관한 신비로운 은유이자 아름다운 시다.

'아, 이것이 정말로 내가 원하던, 진짜 나의 인생이구나.'

이 책을 만나는 이들이 그것을 깨닫게 되기를 바란다. 우리가 지금 이렇게 숨 쉬고 있는 이 삶에서 반드시 해야 할 것을 놓치지 않기 위해.

'푸른 세계'를 바라보며
변선희

푸른 세계

지은이_알베르트 에스피노사
옮긴이_변선희

1판 1쇄 인쇄_2019년 3월 15일
1판 1쇄 발행_2019년 3월 29일

펴낸이_황재성 · 허혜순

책임편집_박민주
디자인_color of dream
Illustration © Olaf Hajek

펴낸곳_도서출판연금술사
(04030) 서울시 마포구 동교로 136
신고번호 제2012-000255호
신고일자 2012년 3월 20일
전화 02-323-1762 팩스 02-323-1715
이메일 alchemistbooks@naver.com
www.facebook.com/alchemistbooks
ISBN 979-11-86686-40-9 03870

이 도서의 국립중앙도서관 출판예정도서목록(CIP)은
서지정보유통지원시스템 홈페이지(http://seoji.nl.go.kr)와
국가자료공동목록시스템(http://www.nl.go.kr/kolisnet)에서
이용하실 수 있습니다. (CIP제어번호: CIPCIP2019008956)